Für Thomas,
der mich immer angetrieben hat

Maria Schrott

MUSIKAUSFLUG

Roman

Bibliografische Information der Deutschen Nationalbibliothek:
Die Deutsche Nationalbibliothek verzeichnet diese Publikation
in der Deutschen Nationalbibliografie; detaillierte bibliografische Daten sind im Internet über http://dnb.dnb.de abrufbar.

Herstellung und Verlag:
BoD – Books on Demand, Norderstedt

ISBN: 978-3-7534-7901-9

Er war der beste Trompeter in ganz Bieberbach. Schon sein Großvater hatte Trompete gespielt und war stolze sechzig Jahre Mitglied der Musikkapelle Bieberbach gewesen. Eines Tages hatte er die Trompete in die Ecke gestellt und "nun reicht's" gesagt. Die Großmutter warf Jacke und Weste ein letztes Mal unerlaubterweise in die Waschmaschine, statt sie zur chemischen Reinigung zu bringen, und der Großvater überreichte die Uniform dem Zeugwart.

Hermann war damals dreizehn Jahre alt und hatte gerade das bronzene Leistungsabzeichen auf der Trompete gemacht. Der Musikschullehrer hatte oft gesagt, Hermann habe ein großes Talent, wenn er nur mehr üben würde, könne er bald schon beim Landeswettbewerb antreten und vielleicht einen Preis gewinnen.

Hätte er nur auf den Musikschullehrer gehört und mehr geübt, dann hätte Hermann nicht nur den Landeswettbewerb gewonnen, sondern vielleicht sogar die Aufnahmeprüfung fürs Konservatorium geschafft. Stattdessen fuhr er in der Freizeit mit dem Fahrrad zu seinen Schulfreunden, warf Wasserbomben auf die Mädchen und rauchte heimlich im Wald.

Trotz allem war der Großvater stolz auf seinen Hermann, er wusste ja nichts vom Wald und den Wasserbomben.

Die Musikkapelle Bieberbach zählte siebenundvierzig aktive Mitglieder und ein paar inaktive. Das Durchschnittsalter lag bei circa vierzig Jahren, wobei ein großes Loch bei den Dreißig- bis Fünfzigjährigen klaffte.

In anderen Worten bestand die Kapelle großteils aus Rentnern oder mit einem Bein in der Pension stehenden Beamten und halbwüchsigen Teenagern, die bei der Musikkapelle nicht nur das Spielen in der Gruppe, sondern auch diverse andere Geselligkeiten lernten, zu denen die meisten noch viel zu jung waren.

Im Herbst begann jedes Jahr die intensivste Probezeit. Cäcilienmesse und Frühjahrskonzert spornten die Musikanten zu Höchstleistungen an und verlangten gegen Ende der Probenzeit besonders viele Zusatzproben von den Musikern ab.

So harmonisch und korrekt die Herbst- und Frühjahrsphase klang, so schnell war nach dem Frühjahrskonzert der Ansatz verflogen und der Koffer ins hinterste Kellereck verstaut, sodass im Sommer immer wieder dieselben unspektakulären Hitparaden auf dem Notenpult des Kapellmeisters landeten.

So waren sie wenigstens immer auf der sicheren Seite und dem Publikum fiel das jahrelang gleichbleibende Programm weniger auf, als die ständig abbauende Qualität der Grillhendl oder das viel zu enge Dirndl der neuen Marketenderin.

Als Dorfkapelle leistete die Musikkapelle Bieberbach trotz allem einen wertvollen Beitrag zum gesellschaftlichen Jahreskreis. Ob Kirchtag, Seelensonntag, Weihnachtsmette oder Namenstag des Bürgermeisters, die Kapelle rückte aus, ob mit oder ohne Hut.

"Was wäre ein Dorf ohne Blaskapelle", so das alljährliche Wort des Bürgermeisters zum Hochfest der heiligen Cäcilia und dem Höhepunkt des Musikjahres. Siebenundvierzig aktive Mitglieder war in einem

Siebenhundert-Seelen-Dorf eine beachtliche Zahl. Demnach gab es kaum eine Familie im Dorf, in der kein Musikant war.

De facto setzte sich die Kapelle jedoch aus mehr oder weniger fünf Familienclans zusammen, aus denen jeweils schon jahrzehntelang Musiker entstammten und Mitglieder in der Kapelle waren. Das führte dazu, dass Streitereien zwischen den Clans schnell zur existenziellen Bedrohung für das Bestehen der Kapelle werden konnten.

Wenn ein Thurner die Kapelle verließe, würden es ihm sogleich sechs andere gleichtun und schnell wäre das gesamte Klarinettenregister aufgelöst. Aus diesem Grund stritten die Musikanten nicht.

Nur einmal im Jahr bei der Jahreshauptversammlung beim Punkt "Allfälliges" durfte jeder seinem Ärger Luft machen. Nach den anschließenden Beruhigungsschnäpsen war jedoch jeder Ärger schnell vergessen und selige Ruhe kehrte wieder in den Reihen der Musikanten ein.

Besonders gut war die Stimmung nach einem gemeinsamen Wochenendausflug in die benachbarten Bundesländer, die für die meisten Musikanten einen willkommenen Ausbruch aus dem Alltagstrott darstellten.

Beim Musikausflug konnte jeder Rentner wieder ein Teenager sein, jeder Teenager konnte sich mit einem Altmitglied wie mit einem besten Kumpel unterhalten und jeder Minderjährige konnte den Polizeibeamten an der Posaune unter den Tisch trinken.

Das Beste an Musikausflügen war aber die stille Übereinkunft, nie auch nur ein Sterbenswörtchen über die Geschehnisse beim Musikausflug mit nach Hause zu nehmen. "Was im Montafon passiert, bleibt im Montafon". Und dasselbe galt auch fürs Ötztal, den Vinschgau oder die Wiener Wiesn.

2

Wieder war Hermann als Erster in der Musikprobe. Die Uhr zeigte schon fünf nach acht an. Wann würden die anderen endlich pünktlich um acht spielfertig auf ihren Plätzen sitzen? Ob Hermann den Tag noch erleben dürfte?

Motiviert spielte er seine Einblasübungen. Die stetig gleichen Intervallsprünge, die Tonleiter nach oben wandernd und wieder zurück. Auch wenn ihn das Konservatorium abgelehnt hatte und auch sein Musiklehrer nach dem silbernen Leistungsabzeichen keine Anstalten mehr gemacht hatte, sein musikalisches Talent weiter zu fördern, war er doch der beste Trompeter der Musikkapelle Bieberbach.

Schon seit elf Jahren spielte er die erste Stimme und hatte schon viele Solostellen allein vor Publikum vorgetragen. Nicht immer hatte er alle Töne einwandfrei getroffen, doch wer merkte das schon.

Sein Talent war so unzweifelhaft, dass er während der Woche nicht ein einziges Mal zur Trompete greifen musste. Einmal die Woche proben reichte aus, um sein Niveau zu halten. So dachte zumindest er. Geschadet hätte ihm ein bisschen mehr Übung sicher nicht.

Letztes Jahr hatte Hermann sein fünfundzwanzigjähriges Jubiläum als Musikant gefeiert. Dafür wurde ihm das Mitgliedsabzeichen in Silber verliehen. Dieses trug er mit Stolz und gut sichtbar auf seiner Uniformjacke.

Als er seine Karin vor sechs Jahren kennen gelernt hatte, wusste diese von Anfang an, dass sie ihren Freund auf ewig mit der Musikkapelle teilen würde müssen. Freitags, wenn er in der Musikprobe war, traf sie sich mit ihren Schwestern zum Watten oder legte sich mit einem guten Roman und einer Schachtel Pralinen auf die Ofenbank.

Sie hatte sich schon daran gewöhnt, den einen Abend in der Woche allein zu verbringen und empfand nichts Störendes daran. Was sie jedoch sehr wohl störte, waren die schmutzigen Musikschuhe, die er nach jeder Ausrückung einfach in die Ecke warf, die Bierfahne, die er jeden Freitag mit ins Bett nahm, die vielen Torten, die sie schon für die Musikfeste gebacken hatte und die geheimnisvollen Bemerkungen, die sich die Musikanten nach den Musikausflügen entgegenwarfen.

Trotzdem hatte sie ihn nie vor die Entscheidung gestellt, ob sie oder die Musik. Sie hatte sein Vereinsleben immer akzeptiert. Schließlich war ja schon der Großvater, der Urgroßvater und und und….

Vor zwei Jahren hatte Hermann um ihre Hand angehalten. Mit der Trompete war er in der Nacht plötzlich im Garten gestanden und hatte die Volksweise "Edelweiß schön" für sie gespielt. So zittrig wie sein Ton war auch die Stimme gewesen, als er ihr die alles entscheidende Frage gestellt hatte. Natürlich hatte sie bejaht. Hermann war schließlich immer die Liebe ihres Lebens gewesen. Vor allem dann, als sie endlich gemerkt hatte, dass es nichts bringt, dem Florian aus dem Fußballverein noch länger nachzulaufen.

Es war eine traditionelle mittelgroße Hochzeit. Die Musikkapelle war ihrem ersten Trompeter zu Ehren ausgerückt, spielte die obligatorischen drei Märsche nach der Trauungsfeier und ließ sich anschließend auf ein Essen und gefühlte acht Getränke pro Kopf ins Gasthaus einladen. All dem stimmte Karin stillschweigend zu. Immerhin hatte sie ihren Hermann davon abgehalten, in der Musikertracht vor den Altar zu treten.

Auch am heutigen Freitagabend saß Karin zu Hause und genoss ihre wöchentliche Ruheoase. Die Schwestern hatten beide abgesagt. Die eine hatte einen Berg an Bügelwäsche zu bewältigen und die andere klagte über Kopfschmerzen.

Karin setzte Teewasser auf, holte die Pralinen, die sie zum letzten Geburtstag bekommen hatte und legte sich vor den Fernseher. Zu mehr hatte sie heute keine Lust. Im Fernsehen lief ein Film, den sie als junges Mädchen oft gesehen hatte. Sie freute sich auf zwei Stunden, in denen sie ihren Kopf nicht anstrengen, sondern nur zur stummen Berieselung hinhalten musste.

Zur gleichen Stunde teilten etwa zehn Frauen im Dorf dasselbe Schicksal und gaben sich einem seichten Liebesfilm aus glorreichen Zeiten hin, während ihre Männer nach Luft schnappten, um die gebundenen ganzen Noten über zwei Takte auszuhalten.

Die Musikantenfrauen im Dorf hatten sich, ebenso wie Karin, großteils an ihr freitägliches Schicksal gewohnt. Ein Abend ohne Partner war ohnehin nur für die Frischverliebten schwer durchzustehen. Hat sich erstmals die Routine ins partnerschaftliche Zusammenleben eingeschlichen, ist ein Abend allein eine willkommene Abwechslung. Solange es bei einem Abend bleibt. Ein mehrtägiger Musikausflug stellte die Geduld und Toleranz der Musikantenfrauen schon auf eine größere Probe.

Etwa alle vier Jahre kam es vor, dass die Musikanten beschlossen, ihren Partnerinnen für die langjährige Unterstützung zu danken und sie zur Ausflugsfahrt mitzunehmen, auch wenn sie wussten, dass die Rauschexzesse und späten Jugendstreiche dann nur halb so stark ausfielen.

Karin hatte erst einmal am Musikausflug teilgenommen. Damals war die Kapelle zu einer Gourmet-Wanderung ins Grödnertal aufgebrochen. Die Stimmung unter den Musikanten schien angespannt. Vor ihren Frauen wollten sich die Musikanten von ihrer besten Seite zeigen und keinesfalls den Eindruck erwecken, es gehe innerhalb der Kapelle jemals rüpelhaft oder ungehobelt zu.

So richtig lustig hatten es nur die Jungmusikanten, die noch keine Begleitung hatten, die sie hätten mitbringen können. Die Jungen versammelten sich alle um einen Tisch, genossen den Grödner Kirschschnaps in rauen Mengen und gaben sich unter herzhaftem Lachen den schönen Seiten des Musikerdaseins hin.

Der junge Nachwuchsklarinettist Paul war noch keine fünfzehn Jahre alt. Doch bei der Musi lernt man angeblich nicht nur das Spiel in der Gruppe, sondern auch den Boden jedes Glases kennen.

Nie wird er den Tag vergessen, als er auf dem Rückweg zum Bus im Wald gestolpert und über die

Waldböschung gerollt war. Die neue Lederhose hatte sich unglücklicherweise im Geäst verkeilt und war nur noch in Fetzen an ihm heruntergehangen. Zum Vorschein kamen die letzten Reste seiner Unterwäsche, die keineswegs ausgesucht war, um begutachtet zu werden. Mit dem Schultertuch der Marketenderin notdürftig bedeckt, trat er die Heimfahrt an und durfte sich noch wochenlang die hämischen Witze seiner Kollegen anhören.

Die älteren Musikanten pflichteten angesichts dieser Peinlichkeit ihren kopfschüttelnden Frauen nur entrüstet bei, dass dieses maßlose Trinkgelage eine Zumutung aus der untersten Schublade sei.

Wie schnell man das Tun der anderen doch verurteilt, steckt man selbst nicht in deren Schuhe. "Nein, so wild benehmen wir uns niemals", beruhigten sie ihre Begleiterinnen und freuten sich insgeheim bereits auf den nächsten Ausflug, an dem auch sie wieder alles um sich herum vergessen durften.

"Wir fahren nach Graz", verkündete der Obmann am Ende der Probe. Die Musikkapelle Feldkirchen organisierte zum Zweihundertjahrjubiläum ein großes Fest und lud dazu aus jedem Bundesland eine Kapelle ein. Die Bieberbacher Musikanten freuten sich besonders über die große Ehre, die ihnen durch die Einladung zuteilgeworden war.

Sogleich füllte eine große Frage den Raum: Mit oder ohne Begleitung? In stummer Übereinkunft fiel die Entscheidung auf ein klares "ohne". Man müsse Hotelkosten sparen.

"Mit Frauen wird's nur teurer.... und weniger lustig auch", soviel stand fest. Außerdem könnten sich die Frauen beim langen offiziellen Festakt langweilen.

Zu sehr durfte man die Freude nicht zum Ausdruck bringen. Was würden die Frauen nur davon halten, wenn man sie offensichtlich auslud?

Insgeheim sah sich der Tubist schon quer durch die Weinkarte testen, der Posaunist freute sich auf die vielen Damen in unterschiedlichsten Trachtenkleidern und beim Ledigen am Horn keimte die Hoffnung auf, er könne der Flötistin Theresa, die seit Jahren nur mehr im Doppelpack mit ihrem Lukas unterwegs war, endlich wieder einmal etwas näherkommen.

Schon nach wenigen Wochen war die Anmeldeliste vollständig. Nur acht der siebenundvierzig Vereinsmitglieder hatten sich entschuldigt und bereuten es schon im Vorhinein zutiefst. Fest stand: Dieser Ausflug würde all die letzten Vereinsaktivitäten an Spannung weitaus übertreffen.

Auch Hermann hatte sich zur Konzertreise nach Graz angemeldet. Seine Karin war zwar nicht gerade hocherfreut, doch es handelte sich lediglich um eine Nacht und wahrscheinlich zwei Regenerationstage, an denen sie ohne ihren Hermann Vorlieb nehmen müsste.

Die Argumente, warum die Frauen zu Hause gelassen wurden, hatte sie zwar nicht ganz verstanden, andererseits hatte sie das ewige Warten an der Absperrung bei den Festumzügen, das gespielt begeisterte Klatschen nach jeder amateurhaft gespielten Polka und das fettige Essen, das immer kredenzt wurde ohnehin satt. Sollen die Männer doch alleine fahren, dachte sie. Dafür freut er sich danach umso mehr, mich zu sehen.

Frau Stauder war da ganz anderer Meinung. Schon seit achtunddreißig Jahren war ihr Bernhard bei der Musikkapelle und seither hatte noch jeder Musikausflug, den er ohne seine Frau hinter sich gebracht hatte, für anschließende Beziehungsprobleme gesorgt.

Besonders den Ausflug nach Annaberg würde sie niemals vergessen: Schon bei seiner Rückkehr schien ihr Bernhard irgendwie anders. Er erzählte nur einsilbig über die Erlebnisse der letzten Tage und hatte plötzlich weder Appetit noch jegliche andere Gelüste.

Nach sieben Tagen ohne spürbare Verbesserung seiner Laune stellte sie ihn zur Rede und drohte ihm, jene Marketenderin, die die Meisterköchin in der Gerüchteküche war und jedes Geheimnis kannte, zu befragen.

Bernhard wusste, dass es keinen Ausweg gab und schenkte seiner Frau reinen Wein ein. Er erzählte von den Schnapsrunden vor und nach dem Konzert, von den Annaberger Haubenfrauen, von der Trudi, die ihn so hartnäckig belagert hatte, von seinen Bemühungen, sich zu verteidigen und schlussendlich dem verlorenen Kampf gegen die Auswirkungen der hochprozentigen Williamsbirne und dem Reiz der temperamentvollen Salzburgerin.

Dieser laut Bernhard unvermeidbare Ausrutscher hatte schwerwiegende Folgen für den Posaunisten. Seine Frau stellte ihn vor die unausweichliche Entscheidung:

"Die Musi oder ich!"

Nie war ihm eine Entscheidung schwerer gefallen, doch er tat das allgemein anerkannt einzig Richtige und entschied sich, von der Musikkapelle auszutreten.

Zumindest für eine Weile besuchte er keine Freitagsproben mehr und mied auch sonst die

Musikkollegen nach Möglichkeit. Frau Stauder war ihren lustlosen und jammernden Ehemann schon bald leid und vermisste ihre unbeschwerten Freitagabende. Also erlaubte sie ihm, wieder zu den Proben zu gehen, er sei ja der beste Posaunist in der Kapelle und unverzichtbar.

Für Bernhard bedeutet der Wiedereinstieg nicht nur mehrere Runden Bier für alle Musikanten, sondern auch die Zustimmung zu der Forderung seiner Frau, niemals wieder bei einem Musikausflug *ohne* Begleitung teilzunehmen.

Als Bernhard mürrischer denn je aus der Musikprobe nach Hause kam, wusste Frau Stauder gleich, dass wieder ein Ausflug ohne Begleitung in Planung war. Sie fragte nur "wohin soll's denn gehen", und er antwortete mehr in seine Jacke als zu ihr: "Graz".

Sie konnte sich ein Lachen nicht verkneifen. Die Macht, die sie seit dem Seitensprung ihres Mannes hatte, kostete sie nur zu gern aus.

"Wie schaut's aus im Register? Gibt's wohl Ersatz für dich?", fragte sie provokant. "Keine Ahnung", erwiderte er mürrisch, "würd' ja eh nichts ändern".

"So ist es, mein Lieber, so ist es", fügte die Frau bestimmt hinzu.

3

Zuhause bei Florian wurde bereits sorgfältig die Uniform auf Makel und Passform geprüft. In Graz wollte er sich von der besten Seite zeigen und vielleicht auch einer feschen Grazerin gefallen, sollte sich die Flötistin Theresa nicht von ihrer Langzeitliebe, dem Feuerwehrbeamten Lukas abbringen lassen.

Florian war als Hornist schon seit fünfundzwanzig Jahren unverzichtbares Mitglied der Musikkapelle Bieberbach, war es doch so ungemein schwer in Zeiten wie diesen, junge Menschen für das königliche Waldhorn zu begeistern. Florian war froh, Teil eines Vereins zu sein, denn Zuhause hatte er meist niemanden, der auf ihn wartete. Aus diesem Grund war er nicht nur Mitglied bei der Musikkapelle, sondern auch beim Fußballverein, bei der Landjugend und beim Roten Kreuz.

Nur einmal hatte er bei einer Frau ernsthafte Absichten gehabt. Das war damals vor acht Jahren, als die hübsche Theresa mit ihren langen blonden Haaren und ihren blauen Augen an der Flöte begann und fortan bei jeder Probe ihren unsagbaren Reiz auf Florian versprühte.

Zu schüchtern und zu unerfahren hatte sich Florian jahrelang nicht getraut, Theresa in ein Gespräch zu verwickeln oder ihr auch nur länger in die Augen zu sehen.

Nicht, dass es keine Frauen gab, die sich für ihn interessierten, das Problem war eher, dass es keine Frau bis auf Theresa gab, die *ihn* interessierte.

Immer wieder hatten sich ihm bei Jungbauernbällen oder Kirchtagsfesten zu späterer Stunde Frauen jeden Alters an den Hals geworfen, um ihm zu erzählen, wie nett und attraktiv sie ihn fanden. Attraktiv waren für ihn einige davon gewesen, nur mit dem *nett* hatte er so seine Probleme. Da galt es schon mehr, als nur mit schmeichelnden Worten um sich zu werfen und ein gekünsteltes Lächeln aufzusetzen.

Nett waren für ihn Menschen, die ehrlich waren und gleichzeitig nicht verletzend. Menschen, die ihre Meinung vertraten, aber für andere Meinungen offen waren. Menschen, die lustig waren, ohne sich nach jedem Kommentar nach einem begeisterten Publikum umzusehen.

Theresa war immer bemüht, mit jedem in der Kapelle einen lockeren und kameradschaftlichen Umgang zu pflegen. Mit Florian war das kein Leichtes, da er ihr immer wieder geschickt auswich und sich ihren Gesprächsversuchen entwand.

Oft stand er dann nur ein paar Schritte entfernt und lauschte ihren verständnisvollen Gesprächen mit den älteren Musikanten und den motivierenden Zusprüchen, die sie für die überforderten Jungmusikanten übrig hatte.

Theresa war in der Kapelle sehr beliebt. Die weiblichen Musikantinnen waren in Bieberbach ohnehin in der Minderheit, also bemühten sich die siebenunddreißig Mann kräftig um deren Sympathie. Schwere Bierkisten schleppen fiel somit für die Kameradinnen flach und auch das Aufbauen der Bühnenelemente vor jedem Konzert.

Dafür durften die acht Damen mit der Unterstützung der zwei Marketenderinnen regelmäßig im Probelokal putzen, auf Festen servieren oder die Dekoration für diverse Veranstaltungen besorgen.

Theresa war bei solchen Aufgaben immer ganz vorne mit dabei. Die Musikkapelle war ihr größtes Hobby und sie fehlte bei kaum einer Probe. Mit anstößigen Bemerkungen zu späterer Stunde wusste sie bestens umzugehen und antwortete mit Charme und Schlagfertigkeit.

Ab und zu hatte auch sie einen Schnaps zu viel, aber ihrem Lukas war sie bisher immer treu geblieben.

So sehr er sein Interesse für Theresa auch verbarg, in der Musikkapelle galt Florians Zuneigung für die Flötistin als offenes Geheimnis. Auf Veranstaltungen, bei denen üblicherweise der Alkohol in nicht gerade harmlosen Mengen floss, hielt er deshalb noch größeren Abstand zu Theresa, damit sich die Musikkollegen ja nicht zu unangenehmen Bemerkungen hinreißen ließen.

Trotz der über fünfjährigen Beziehung zu ihrem Lukas, gab es noch keine Anzeichen dafür, dass Theresa demnächst "unter die Haube" kommen würde. Auch wenn sich Florian keine ernsthaften Hoffnungen machte, unterließ er es nicht, vom Graz-Ausflug und möglichen Vorkommnissen zu träumen.

Deshalb zupfte er die letzten Fussel von seiner Musikjacke und bearbeitete den Filzhut mit einer groben Bürste.

Hermann las sich das Programm für den Musikausflug noch einmal sorgfältig durch. Abfahrt am Samstag um 06:00 Uhr, Jause in Salzburg um 09:00 Uhr, Ankunft und Mittagessen in Graz um 14:00 Uhr. Mitzubringen sind Vollmontur, Instrument, Noten, Marschbuch und bequeme Reisekleidung.

Wieder und wieder las er die Checkliste durch und blickte prüfend auf das Häufchen, das er sich bereits zurechtgelegt hatte. Karin hatte ihm noch die Strümpfe gewaschen und alles fein säuberlich in einen kleinen Trolley geschlichtet. Die Trompete stand stolz daneben und war gründlich von Fingerabdrücken und Wasserspuren befreit.

Hermann freute sich sehr auf den Ausflug. Das Musikfest in Feldkirchen versprach, eine gute Bühne für musikalische Darbietungen mit einem großen, anspruchsvollen Publikum zu bieten. Dort könnte er seine Trompetensignale besonders laut in die Menge blasen und im Anschluss großes Lob von internationalen Persönlichkeiten und regionalen Politikern ernten.

Er hatte die letzten Wochen fleißig an seiner Zungenstoßtechnik gearbeitet und täglich vor dem Schlafengehen die Zwerchfellatmung geübt.

Karin sehnte schon den Tag herbei, an dem ihr übereifriger Mann und seine schrille Trompete das Haus endlich wieder einmal verließen. Seit Tagen redete er nur noch über den Ausflug. Die Arbeiten rund ums Haus hatte er gründlich vernachlässigt. Dafür war er auffällig oft im Keller und übte.

So sehr sie ihn liebte, aber für diesen Fanatismus hatte sie wenig Verständnis. Auch wenn sie es nie wagen würde, ihm das zu unterbreiten.

"Soll er doch seine Freude daran haben", dachte sie sich. "Männer bleiben sowieso ewig Kinder und brauchen etwas zum Spielen. Da spielt er lieber auf der Trompete als am Computer oder am Modellflugzeug", dachte sie.

Im selben Moment hörte sie einen markerschütternden Schrei aus dem Obergeschoss des Hauses. Sie stürmte die Treppe nach oben und sah Hermann am Boden des Schlafzimmers liegen, sich hin und her winden und dabei einen Fuß fest umklammern.

Der Schmerz trieb ihm bereits die Tränen ins Gesicht. Offenbar hatte er sich aus Unachtsamkeit den Fuß am Bettpfosten angeschlagen, war mit dem Zeh an der Kante hängen geblieben und anschließend hingefallen. So beurteilte Karin die Lage auf den ersten Blick.

Aus den Schreien ihres Mannes war keine aufschlussreichere Information zu entnehmen, also begnügte sie sich mit ihren Einschätzungen und machte sich daran, Hermann zu beruhigen, auch wenn dieser sich mehr auf sein eigenes Geschrei, als auf ihre Worte konzentrierte.

Erst der Vorschlag, ihn in die Notfallambulanz des nächsten Krankenhauses zu fahren, ließ ihn aufhorchen und er stimmte ihrem Vorschlag zu, voller Hoffnung, in der Klinik könne er von seinen Todesqualen befreit werden.

Die Lage seines großen Zehs war schnell beurteilt: Bruch, Gips, keine unnötigen Belastungen. Karins Anmerkung zur Diagnose lautete: "kein Musikausflug".

Das musste sogar Hermann einsehen. Mit dem dick eingegipsten Zeh könnte er sich weder in die Musikschuhe zwängen, noch könnte er beim Einmarsch dem flotten Schritt des Stabführers folgen. Aus der Formation austreten und wie ein geächteter Hund nebenher humpeln kam für ihn nicht in Frage.

Selbst wenn er gewollt hätte, Karin hätte ihm die Flausen schnell aus dem Kopf getrieben, trotz der Verletzung nach Graz zu fahren.

"Es wird schon wieder einmal einen Ausflug geben", tröstete sie ihren Hermann. Wann es wieder einmal einen Ausflug über die Landesgrenze hinaus-

geben würde, wo so viel Prominenz und anspruchsvolles Publikum vereint war, wollte sich Hermann gar
nicht erst ausmalen. "Die Hoffnung stirbt zuletzt, der
Verletzte zuerst", dachte er sich und informierte den
Obmann der Kapelle.

4

*"Info MK Bieberbach: Unser erster Trompeter
kann unfallbedingt nicht am Ausflug nach Graz teilnehmen. Suchen dringend Aushilfe! Bei Vorschlägen
bitte melden!"*, las Bernhard seiner Frau beim Abend-
essen aus der eben eingetroffenen SMS vor. Angestrengt überlegte Bernhard, ob er nicht jemanden aus
den Nachbarkapellen kannte, der die Trompete
ebenso scharf blies, wie Hermann.

"Der Johannes ist doch so talentiert", schoss es
plötzlich aus Bernhard.

Der älteste Sohn seiner Schwester spielte schon seit
fünf Jahren Trompete und galt weithin als "musifana-
tisch". Außerdem war er noch in der Schule, deswegen sollte ein spontaner Ausflug am Wochenende mit
der Musikkapelle kein Problem sein.

"Der ist doch noch viel z'jung", warf Frau Stauder
ein.

Bernhard hatte aber schon zum Telefon gegriffen
und die Nummer seiner Schwester gewählt. Schnell
wurde am andern Ende abgehoben und etwas Unver-
ständliches gemurmelt.

"Johannes, bist's eh du?", fragte Bernhard und sprudelte gleich hellauf begeistert los, um den jungen Mann zu überreden, nach Graz mitzufahren.

"Ich? Nein, ich kann nicht mitfahren, leider", erklärte der Onkel seinem Neffen. "Die Tante hat das nicht so gern", sprach er mit einem unüberhörbaren Nachdruck und einem vorwurfsvollen Blick auf seine Frau.

Nach einer kurzen Pause am anderen Ende ertönte die Stimme von Bernhards Schwester am Telefon.

"Wie, du kannst nicht mit?", tönte es aus dem Hörer, dass es auch Frau Stauder hören konnte.

"Nein, ich hab' da so eine Abmachung mit der Frau", lautete Bernhards freudlose Antwort.

Frau Stauder und Bernhards Schwester hatten sich noch nie besonders gut verstanden. Die Schwester konnte mit der bestimmenden, herrischen und oft unhöflichen Art der Schwägerin nichts anfangen und ging ihr deshalb nach Möglichkeit aus dem Weg.

Als sie jedoch hörte, wie die Schwägerin jetzt auch noch versuchte, Bernhard sein ein und alles, nämlich die Mitgliedschaft im Musikverein madig zu machen, schäumte sie vor Wut.

Sie war sich sehr wohl darüber im Klaren, dass sie an der Rollenverteilung in der Ehe ihres Bruders nichts ändern konnte. Dennoch wusste sie jetzt ihre Macht, die sie durch ihren Sohn plötzlich erhielt, auszuspielen.

Der Johannes kenne doch niemanden in der Musikkapelle Bieberbach, außerdem habe der Junge ja nur Flausen im Kopf und jemand müsse doch auf ihn schauen. Klar, er könne alle Stücke ganz schnell vom Blatt spielen, auch so spontan könne er einspringen und mit nach Graz fahren, als Mutter habe sie aber schon was dagegen, wenn ihr halbwüchsiger Sohn so ganz ohne Aufsicht mit einem Rudel Musikanten wegfahren würde. Sie könne dem Wunsch des Bruders nur nachgeben, wenn dieser höchstpersönlich ihren Sohn beaufsichtigen würde. Dazu müsse er aber selbstverständlich auch am Ausflug teilnehmen. So argumentierte die Schwester schadenfroh und stolz, endlich nahe daran zu sein, den eisernen Willen der Schwägerin zu brechen.

Johannes runzelte die Stirn über die Worte der Mutter. Er war doch schon siebzehn Jahre alt und machte sowieso meistens, was er wollte, solange er seine Leistungen in der Schule brachte und den Eltern am Wochenende ab und zu unter die Arme griff.

Das Telefonat dauerte eine halbe Ewigkeit.

"Die tun so, als wär' ich ein kleines, behütetes Küken, das nur unter Begleitschutz die Hausmauern verlassen darf", dachte Johannes.

Schließlich nickte die Mutter zufrieden und gab den Hörer wieder an ihren Sohn ab.

"Red' du, Johannes und merk dir, was du alles brauchst am Samstag", schloss die Mutter und verließ den Raum.

Ein paar Fragen wurden geklärt, ein paar Abmachungen getroffen und ein letztes Grußwort getauscht.

Während sich Johannes daran machte, seine Trompete reisebereit zu machen, focht Bernhard die letzten Kämpfe mit seiner Frau aus und konnte sein Glück kaum fassen, dass er nach Jahren der Enthaltsamkeit von jeglichen Musikaktivitäten außerhalb der Dorfgrenzen, nun endlich wieder einmal an einem Ausflug und dazu noch *ohne* Begleitung teilnehmen durfte.

5

Am Samstag, pünktlich um sechs Uhr stand der Bus bereit. Die Schlagzeuger luden die letzten Trommeln ein. Notenständerkiste, Fahne und Ersatzhüte lagen sorgfältig daneben.

Die ersten Musikanten saßen bereits im Bus und richteten sich ihren Platz für die nächsten voraussichtlich acht bis zehn Stunden so gemütlich wie möglich ein.

Der Platz im Bus war wie üblich eine schicksalhafte Fügung: Hatte man nicht bereits vorab einen Sitznachbarn gewählt, konnte es passieren, dass man anstandshalber jemanden neben sich Platz nehmen ließ, der einem so ganz und gar als attraktiver Gesprächspartner für die Dauer von mehreren Stunden zuwider war.

Auch die Position im Bus war entscheidend: Ganz vorne hinter dem Busfahrer zu sitzen bedeutete meist, von den älteren Kameraden umgeben zu sein, die über Landschaft, Wetter und Verkehr fachsimpelten. Hier konnte weder an ausgelassene Feierstimmung, noch an erholsamen Schlaf gedacht werden.

Wer die Busfahrt als Ausgleich eines angestauten Schlafdefizites nutzen wollte, platzierte sich am besten im mittleren Bereich des Busses, idealerweise am Fenster. Hier wurde man weder von den angeregten Gesprächen vom ersten Busdrittel noch von der unermüdlichen Spaßtruppe aus dem hinteren Busdrittel gestört.

Der berüchtigte hintere Teil des Reisebusses barg eine Ansammlung jener Feierwütigen, die selbst um sechs Uhr morgens bereits Bier und Schnaps, am besten in Kombination mit Vodka-Orange genossen.

Jede noch so kurze Busfahrt wurde kurzerhand in eine Kleinraum-Party umfunktioniert. Wer hier saß war oft noch zu jung zum Trinken oder hatte zumindest noch lange nicht genügend schlechte Erfahrungen mit übermäßigem Alkoholkonsum gemacht. In anderen Worten trafen sich hier jene, die jede Minute des Musikausfluges nutzen wollten, um ein unvergessliches Erlebnis daraus zu machen, von dem man noch Jahre später erzählen sollte.

Die restlichen Musikanten trafen der Reihe nach ein. Während die einen ein Kissen für das Nickerchen im Bus unter dem Arm geklemmt hielten, hievten andere Bierkisten, Becher und Flaschen mit Hochprozentigem heran, um sie im hinteren Busteil zu verstauen.

Der Obmann betrachtete das geschäftige Treiben mit Missmut. Zehn Stunden Fahrt gepaart mit einer solchen Menge an flüssigem Proviant konnten nichts Gutes verheißen.

Dennoch freute er sich über die offensichtliche Vorfreude der Musikanten, seit Jahren wieder einmal einen "richtigen" Musikausflug außerhalb der Landesgrenze anzutreten. Zu einem großen Teil war dieses seltene Vergnügen seinem Engagement und Organisationstalent zu verdanken, war sich der Obmann sicher. Wer, wenn nicht er, würde deshalb lange Zeit als Held innerhalb der Musikkapelle gefeiert werden, wenn der Ausflug als einer der Besten seit dem Bestehen des Vereins in die Geschichte eingehen würde.

Die Planung des Ausfluges hatte sehr viel Arbeit in Anspruch genommen. Transport, Unterkunft, Verpflegung, Finanzierung und Ablauf wollten sorgfältig geplant sein. Gleichzeitig war eine Musikkapelle nicht mit einer akademischen Reisegruppe vergleichbar: Notorisches Zuspätkommen, vermehrte Toilettenpausen und Alkoholexzesse im Bus waren nur drei der Merkmale, die einen Musikausflug von einer Bildungsreise unterschieden.

Ein gewisser Unsicherheitsfaktor war somit selbst bei penibelster Vorbereitung vorhanden.

Zumindest heute fuhr der Bus beinahe punktgenau um Viertel nach sechs Uhr los. Das Rascheln der Jausenbrotpapiere und die angeregten Gespräche der vorfreudigen Reiseteilnehmer wurde nur für die Begrüßungsworte des Obmannes unterbrochen:

"Liebe Musikanten, ich begrüße euch alle im Bus nach Graz. Danke, dass wir so pünktlich abreisen konnten. Wir fahren jetzt circa drei Stunden bis nach Salzburg, wo wir unsere erste längere Pause machen werden. Bis dahin steht euch die Bustoilette in dringenden Fällen zur Verfügung. Mit Pausen werden wir voraussichtlich um fünfzehn Uhr in Graz ankommen. Das hängt natürlich stark von eurer Pünktlichkeit ab. Ich bitte euch also, dass ihr zu den vereinbarten Zeiten wieder im Bus seid, damit wir zügig vorankommen. Ich melde mich später wieder mit den Details zur Mittagspause und wünsche uns allen eine gute Reise."

Mit Applaus und einigen grölenden Rufen aus den hinteren Busreihen wurde die Begrüßungsrede des Obmannes jäh unterbrochen, bis dieser wieder zum Mikrofon griff:

"Eine Bitte habe ich noch... Bitte bedenkt, dass wir heute Abend zum feierlichen Einzug aller Kapellen im Festzelt antreten müssen. Vor allem an jene im hinteren Busteil - teilt euch eure Kräfte gut ein, wir wollen uns in Graz von unserer besten Seite zeigen."

Diese Anmerkung wurde seitens der Adressaten in erster Linie mit einem Lachen beantwortet. Dennoch schien der Obmann zufrieden und setzte sich wieder an seinen Platz gleich hinter dem Busfahrer.

Wie bereits erwähnt hatte die Busfahrt bei einem Musikausflug etwas Magisches an sich. Je nach Sitzposition und -nachbar konnte die Fahrt zu einem unvergesslichen Erlebnis werden. Schon so mancher hatte im Musikbus eine lebenslange Freundschaft geschlossen, eine alles entscheidende Kartenpartie gewonnen, sein Herz an jemanden verloren oder einen Todfeind gefunden. Glücklicherweise schien die Busfahrt nach Graz an jenem Morgen sehr friedlich zu verlaufen.

Florian saß eher im hinteren Mittelteil, also gerade weit genug weg von den Schlafenden, sodass man noch Gespräche in normaler Lautstärke führen konnte, aber auch weit genug entfernt von jenen bodenlosen Trinkern, die schon um sieben Uhr morgens die ersten leeren Bierflaschen zwischen ihren Füßen balancierten.

Wie es der Zufall wollte, saß Theresa nur eine Armlänge von ihm entfernt. Lediglich der Mittelgang trennte die beiden voneinander. Theresa saß neben einer besonders geschwätzigen Marketenderin. Sie hatte deshalb kaum Gelegenheit, Notiz von den anderen Mitreisenden, geschweige denn von Florian zu nehmen. Zu schüchtern war der junge Hornist, um sie in ein Gespräch zu verwickeln.

Also herrschte weiterhin trübsinniges Schweigen seinerseits und angespanntes Zuhören in die entgegengesetzte Richtung ihrerseits.

Der junge Aushilfstrompeter Johannes hatte sich übernatürlich schnell in die Gruppe integriert. Für Integrationszwecke hatte er sich auch den weitaus besten Platz gesucht:

In der hintersten Bank saß er zwischen Halbwüchsigen und halbfertigen Erwachsenen. Wer hier niemanden zum Reden fand, fand spätestens nach der fünften Bierrunde einen Gesprächspartner, dank des unaufhaltsam wirkenden Alkohols.

Mit seinen siebzehn Jahren hatte Johannes gelernt, selbst zu entscheiden, wo seine Grenzen lagen. Dass diese meist erst dort lagen, wo auch er sich vor Übermut in der Horizontalen befand, hatte ihn noch nie daran gehindert, ein Schlückchen in Ehren mit neuen und alten Bekannten zu trinken.

Sein Onkel Bernhard hatte die versprochene Aufsicht bereits mit dem ersten Schritt in den Bus abgelegt. Er wusste genau, wie die "Jungen" tickten und wollte auf keinen Fall der Spielverderber sein. Außerdem wollte auch er seinen kurzen Ausbruch aus der Alltagsroutine und die willkommene Trennung für kurze Zeit von seiner Frau in vollen Zügen genießen. Vielleicht war es da von Vorteil, seinen Neffen als solidarischen Mitschweiger zu wissen und nicht als gehässige Petze.

Die ersten Stunden kam der Bus zügig voran. Die Verkehrsbedingungen waren angenehm und unter den Musikanten war eine heitere Stimmung.

Gegen neun Uhr erwachten auch die letzten Schläfer aus den mittleren Reihen mit einem lautstarken Gähnen. Wem der Magen noch nicht knurrte, den trieb zumindest die Lust auf Nahrhaftes oder auf eine

Zigarette langsam aus dem Bus. Die Pause in Salzburg kam also sehr gelegen.

Auch wenn die Raststätte in der Mondseer Gegend nicht gerade kulinarische Höhenflüge versprach, nutzten doch viele die Gelegenheit, sich die Füße zu vertreten, ein paar Worte mit jemand anderem als dem ewig gleichen Sitznachbar zu wechseln, oder sein Getränkerepertoire aufzustocken.

War es Zufall oder nicht, aber gerade als sich Florian mit einem Kaffee an einem Stehtisch in der Tankstelle positionierte, stand plötzlich Theresa neben ihm. Sie war augenscheinlich sehr erleichtert darüber, sich endlich von der schwatzenden Nachbarin losgerissen zu haben und fragte ihn nach seinem Befinden.

Es war ein Plausch von kurzer Dauer und im Nachhinein hätte sich Florian dafür ohrfeigen können, dass er sich nicht mehr angestrengt hatte, Theresa angemessen zu unterhalten.

Vielleicht hätte ein intensives, witziges oder intellektuell anspruchsvolles Gespräch Theresa dazu bewegt, sich während der weiteren Busfahrt auch einmal in seine Richtung zu wenden. Aber Florian blieb in seiner schüchternen, unbeholfenen Rolle zurück und auch im Bus blieb ihm daher mehr Theresas abgewandte Schulter als ihre Aufmerksamkeit.

Zu ehrlich und tugendhaft war der junge Florian.

"Sie hat ja einen Freund", ging es ihm ständig durch den Kopf. Manch anderer hätte frei nach dem Motto "was er nicht weiß, macht ihn nicht heiß", eine teuflische Offensive gestartet und das Bestmögliche getan, die Auserwählte auf andere Gedanken zu bringen. Nicht so Florian.

Nach einer Stunde Pause trommelte der Obmann die Musikanten zusammen und mit einer vergleichsweise geringen Verspätung von sieben Minuten ging die Fahrt weiter. Die erfrischende Pause sorgte alsbald für einen deutlich höheren Lärmpegel im Bus. Spätestens jetzt war jedem klar: Die Musikanten waren zur Höchstform aufgelaufen.

Jetzt waren das Zuhause, der Beruf, die ordentliche Sittsamkeit und jegliche Moral vergessen. Es war ja keiner da, der einen verurteilte. Die Musikanten saßen ja alle im selben Boot. Und alle hielten sich an das eine ungeschriebene, aber allgemein gültige und mit aller Macht verteidigte Gesetz: "Was im Musiausflug passiert, bleibt im Musiausflug".

6

Was ist es für eine Macht, die Musikanten so untrennbar zusammenschweißt, sobald sie gewohntes Gebiet verlassen und fernab von ihren Familien, Arbeitgebern und ihren täglichen Abläufen eine gemeinsame Auszeit verbringen?

Was ist es für eine Beziehung, die man plötzlich mit den Musikkollegen teilt, die man sonst nur einmal wöchentlich bei der Probe trifft, aber niemals anruft oder jemals ein privates Treffen vereinbaren würde?

Musikkollegen sind keine klassischen Freunde. Sie melden sich im Normalfall nicht einmal am Geburtstag, sie spielen nur im Kollektiv einen Marsch bei der darauffolgenden Probe und stoßen mit einem Bier auf einen an.

Kein Musikant notiert sich jedoch das Geburtsdatum der Musikkollegen. Allein der Obmann hat die Übersicht.

Musikkollegen wissen meist nicht, wo ihre Kameraden arbeiten, können den Beruf des anderen oft nicht einmal richtig aussprechen. Treffen sich die Flötistin und der Tubist zufällig auf der Straße, wird zwar ein flüchtiger Gruß getauscht, aber sofort der Schritt beschleunigt. Privat haben sich Musikkollegen oft gar nichts zu sagen.

Musikanten kommen aus unterschiedlichsten Verhältnissen.

Der Doktor der Literatur sitzt neben dem Nebenerwerbsbauern und Gemeindearbeiter. Die Jus-Studentin neben dem Bahnbeamten in Rente. Die zwölfjährige Schülerin verbringt die zwei Stunden Probe wöchentlich neben einem schweigsamen Maurermeister.

Eigentlich passen die Vereinsmitglieder überhaupt nicht zusammen. Und dennoch ist ihnen allen eines gemeinsam: die Begeisterung für die Musik oder zumindest die Begeisterung für einen Verein, in dem man Jahr ein Jahr aus Gesellschaft und eine vergleichsweise hohe Anerkennung im Dorf hat. Manch einer nutzt die Musikkapelle auch, um einmal pro Woche von zu Hause weg zu kommen. Die Motivation, im Musikverein zu spielen ist so unterschiedlich wie die Instrumente der Musikanten selbst.

Nicht immer ist die Stimmung innerhalb der Kapelle so gut wie während eines Musikausfluges. Oft zerreißen sich Musikanten hinter dem Rücken eines fehlenden Kameraden die Mäuler und heißen den Kapellmeister oder den Obmann alles Erdenkliche.

Oft endet eine Probe in allgemeinem Frust, weil selbst nach der zwanzigsten Wiederholung einer wichtigen Schlüsselstelle die Konzentration oder die Kompetenz eines Registers nicht ausreicht, den Kapellmeister zu befriedigen.

In solchen Momenten hat beinahe jeder Musikant schon einmal das Ende seiner Vereinszugehörigkeit herbeigesehnt und beschlossen, nach dem nächsten Frühjahrskonzert aus der Kapelle auszutreten.

Ein Musikausflug war jedes Mal wie ein unsichtbarer Kleber, der die Musikanten wieder aneinander und an den Verein band. Beim Musikausflug waren alle einander wohlgesonnen und wusste mit jedem ein kleines Pläuschchen zu führen. Beim Musikausflug wurde niemand verurteilt, jeder konnte sich buchstäblich verhalten, wie er wollte, konnte seine unterdrückte Seite zeigen und einfach einmal vergessen, was schlecht und recht ist.

Natürlich gab es selbst bei einem Musikausflug Grenzen. Oberstes Prinzip war es immer, selbst unter noch so großem Alkoholeinfluss eine gute Figur in der Uniform und am Instrument zu machen. Wichtige Pausen mussten bei jedem noch so einfachen Marsch eingehalten werden. Hinsichtlich der spielerischen Fähigkeiten wollte sich niemand in der Kapelle blamieren.

Es war schon vorgekommen, dass einzelne Musikanten aufgrund ausgelassener Feierlaune am nächsten Tag nicht mehr gerade stehen konnten oder gar nicht mehr wussten, wie sie ihr Instrument in den Händen zu halten hatten.

Solche Fauxpas wurden streng verurteilt. Immerhin hatte man als Kapelle einen Ruf zu verteidigen, erst recht im Ausland.

Ein schlechter Auftritt konnte zur Folge haben, dass die Kapelle nicht wieder in den jeweiligen Ort eingeladen wurde. Dies bedeutete somit eine Möglichkeit weniger, einen Musikausflug zu machen.

Auch galt es als absolut inakzeptabel, andere Musikkollegen während des Ausfluges zu schikanieren oder auszugrenzen.

Während eines Musikausfluges waren alle einander Freund und Kamerad. Streitereien oder Provokationen wollte jeder nur bis zu einem gewissen Maß ertragen. Solange Humor im Spiel war, wurde auch so manche Schikane akzeptiert. Drohte allerdings eine Eskalation, gingen die Musikanten sofort dazwischen.

Alles in allem gab es zwar ein paar Grundregeln, die der Obmann während des Ausfluges auferlegte, doch die wirklichen Gebote und Verhaltensregeln innerhalb des Vereins waren in keinem Buch und auf keiner Infotafel geschrieben. Diese Regeln wurden nicht einmal mündlich überliefert. Diese Gesetze konnte man einfach instinktiv fühlen. Und diese stille Übereinkunft bildet den wahren Geist der Kameradschaft.

Der Musikausflug ist die Quelle, aus der die Musikanten ihre gemeinsame Gesinnung immer wieder aufs Neue nähren.

7

Gegen halb Vier nachmittags traf der Bus beim Schlosshotel Wiesenblick in Feldkirchen bei Graz ein. Der Name klang vielversprechend, der Anblick der Unterkunft war ernüchternd.

Es handelte sich um ein ehemaliges Jagdschlösschen mit drei vierstöckigen Türmen, die über einen Gang und ein paar Seitenräume miteinander verbunden waren. Inmitten der Türme war ein kleiner Garten, der sichtlich schon bessere Zeiten erlebt hatte. Ein paar Blumenbeete und eine eher karge Kräuterspirale bildeten das Herz der Grünanlage.

Die Empfangshalle war ein kühler, hoher Raum mit einem abgetretenen Steinboden. Eine magere Frau mit mausgrauen Haaren und einer blassblauen Schürze begrüßte den Musikantentrupp und verteilte gemeinsam mit dem Obmann die Zimmerschlüssel.

Manch einer wunderte sich über die Zimmereinteilung. Nicht in jedem Fall entsprach sie der gewünschten Personenkonstellation. So musste Florian erneut einen Rückschlag hinnehmen, da man ihn nicht, wie ursprünglich gewünscht, zu den Posaunisten legte, sondern er, als einzig übrig gebliebener, das Zimmer mit dem Busfahrer teilen musste. Seine Begeisterung hielt sich in Grenzen, schließlich war der Busfahrer ein betagter Alter jenseits der sechzig, der bereits untertags den Eindruck machte, ein passionierter Schnarcher zu sein.

Das Schicksal schien Florian schon wieder einen Strich durch die Rechnung zu machen. Was soll's, dachte er sich. Es ist ja nur für eine Nacht.

Als alle Koffer und Instrumente in den Zimmern verstaut waren hieß es auf zum gemeinsamen und lang herbeigesehnten, verspäteten Mittagessen. So mager wie die Hausherrin war jedoch auch die Auswahl. Neben zwei verschiedenen Arten Würstchen bot das Mittagsbüffet lediglich trockene Scheiben Bauernbrot und ein paar Essiggurken. Den Unmut der Musikanten sofort erkennend, verkündete der Obmann, dass es am Abend nach dem feierlichen Einzug im Festzelt natürlich ein angemesseneres und ausgewogeneres Mahl geben werde. Einige nahmen die unbefriedigende Kost zum Anlass, gleich bei flüssiger Nahrung zu bleiben und bedienten sich reichlich am Getränkebuffet.

Zu jenen gehörte, wie zu erwarten war, auch Johannes. Obwohl die lange Busfahrt ihm sichtlich zugesagt hatte, war er es nicht müde geworden, ein Bier nach dem anderen zu kippen. Seine Gesichtsfarbe ähnelte bereits jener der Würstelsaucen und sein Blick war wässrig wie das Salatdressing.

Johannes hatte ein *ganz arges* Zimmer erwischt. Es bestand großteils aus denselben Kandidaten, die auch die Rückbank im Bus beansprucht hatten. Dementsprechend durfte Johannes auch für die Dauer der Nacht mit einer ausgelassenen Feierwut rechnen, die erst enden sollte, wenn der letzte Musikant nach der Heimfahrt vom Ausflug den Bus verlassen hatte.

Gleich nach der Ankunft im Zimmer ließen Johannes und seine Mitbewohner ihre gute Laune erneut in überschwänglichen Unfug enden. Die Kopfkissen funktionieren sie zu Schusswaffen um und bescherten dem ganzen Zimmer einen weißen Federregen, der sich bis auf die Hotelgänge ausbreitete.

Im Anschluss an das Essen trafen sich die Musikanten in Vollmontur beim Bus. Nach einer kurzen Fahrt in die Grazer Innenstadt ordnete sich die Musikkapelle Bieberbach hinter den anderen Kapellen ein, die am großen Festauftakt teilnahmen.

Die Grazer Altstadt war wie ein bunter Bienenstock. Überall liefen Musikanten in unterschiedlichen Farben gekleidet umher auf der Suche nach ihrem Anhang. Allerorts wurden Tonleitern geprobt und Marschpassagen verfeinert. Wer hier noch jemand Bestimmten suchen wollte, war hilflos verloren.

Sechs Musikkapellen, großteils aus dem Bezirk Graz-Umgebung formten den festlichen Einzugskörper. Um Graz war alles grün, fiel den Bieberbacher Musikanten sofort auf. Damit fanden sie nicht nur eine farbliche Beschreibung für die Grazer Landschaft mit ihren sanften Hügeln und weiten Wäldern, sondern auch für die Uniformen und Trachten ihrer Steirischen Kameraden.

Mit ihrer rot-blauen Uniform stachen die Bieberbacher zwischen den verschiedenen Grün-Abstufungen der übrigen Kapellen positiv ins Auge. Aber auch die Gesichtsfarbe einzelner Mitglieder, speziell derer, die sich die lange Anreise zum speziellen Vergnügen gestaltet hatten, ließ aufmerksame Beobachter gleich mehrmals einen Blick auf die Tiroler Gastkapelle werfen.

Johannes kämpfte mit dem Druck, den die zu enge Lederhose auf seine übervolle Blase ausübte. Akribisch machte er sich auf die Suche nach einer Toilette oder zumindest einem einsamen Hinterhof, wo er sich schnelle Erleichterung schaffen konnte. Bis zum Abmarsch waren es noch zehn Minuten. Das sollte sich ausgehen, dachte sich der junge Aushilfstrompeter und entfernte sich stillschweigend von seiner blauen Gruppe.

Er quetschte sich an den vielen grünen Jacken, den weiten Trachtenröcken und aufgeregt umherwirbelnden Kindern vorbei. In der Tat musste er einen weiten Marsch hinter sich bringen, um eine halbwegs ruhige Ecke in der Grazer Innenstadt zu finden. Neben einem alten Garagenbau fand er endlich die Erleichterung, die er gesucht hatte.

Sein Kopf brummte von der langen Fahrt und der wilden Mischung aus Bier, Wein, Vodka und Schnaps. Mit seinen siebzehn Jahren hatte er schon einige Räusche schadlos überstanden. Er konnte sich aber an keine Trinkorgie erinnern, die schon am Vormittag begonnen hatte und kein Ende nehmen wollte. Nicht einmal nach der Zeugnisverteilung am Schulschluss gelang es ihm bis zum Mittagessen eine solche Menge intus zu haben.

Je mehr er an die Getränke der letzten Stunden zurückdachte, desto mehr machte sich eine unausstehliche Übelkeit in ihm breit. Wann hatte er den letzten Schluck Wasser am heutigen Tag getrunken? Er konnte sich an keinen einzigen erinnern. Zur Übelkeit gesellte sich ein leichter Schwindel hinzu. "Wasser!", so lautete sein entschlossenes Ziel.

Mittlerweile ertönten die ersten Schläge des Grazer Uhrturms. Der Abmarsch sollte jede Minute beginnen. Während sich die sechs Musikkapellen formierten und die letzten Ausbesserungen bei Tracht und Instrumenten durchgeführt wurden, irrte, abseits des Festrummels, ein einsamer Trompeter mit blauer Lodenjacke mehr schlecht als recht durch einen kleinen Stadtgarten und versuchte, sich halbwegs gerade auf den Beinen zu halten.

"Wo Blumen blühen, ist Wasser auch nicht weit", war der Denkschluss, der Johannes dazu motivierte, quer durch ein blühendes Straßenbeet zu marschieren.

"Sog, bist narrisch, Bua", ertönte es hinter ihm. Eine ältere Dame, offensichtlich Grazerin in ihrer städtischen Tracht schaute ihn ungläubig an. "Du kunnst ja ned quer durchs Beet marschiern'!"

Als er sich zu ihr umdrehte und sie entschuldigend anblickte, wusste die Frau sofort, warum dem jungen Mann offenbar jegliche Logik entfallen war. Sein Hosenlatz hängte offen an ihm herunter, die Hosenträger baumelten lose an den Seiten und das Hemd war zerknittert und halb aufgeknöpft. Seine Gesichtsfarbe glich mehr dem Grün ihrer Schürze, als dem Rot seiner Weste.

Die Frau war schon spät dran gewesen, als sie ihr Stadthaus verlassen hatte. Einen Festumzug mit sechs Kapellen gab es schließlich nicht täglich zu sehen, also hatte sie sich auch entsprechend in Schale werfen müssen. Bis sie dann endlich das Haus verlassen hatte, war bereits das Läuten der Kirchturmglocken ertönt. Weiter als fünfzig Meter war sie nicht gekommen, bis sie Johannes aus dem Blumenbeet diktiert hatte.

"Na wie du ausschaust, Bua", konnte sie sich einen Kommentar zu seiner Aufmachung nicht verkneifen.

In jungen Jahren hätte sie von einem Anblick wie diesem nur die Nase gerümpft und wäre erhobenen Hauptes und schnellen Schrittes an ihm vorbeigeeilt. Heute ließ der Anblick dieses halbwüchsigen Häufchen Elends in der fremden Tracht eine Mischung aus Mitleid und Schadenfreude in ihr aufkommen. Er war doch ein armer Tropf, auch wenn er selber schuld war an seiner Misere.

Die Frau hatte sich offenbar umentschieden. Entschlossen machte sie auf der Stelle kehrt und ging auf Johannes zu. Sie packte ihn am Ellbogen und zog ihn mit sich. "Kumm mit, vorst ma no irgendwo hinkug-lst".

Johannes gab den bestimmten Worten nach und folgte der Frau wie ein braver Enkelsohn. Sie führte ihn am Arm durch ein paar unscheinbare Gassen, mal rechts, mal links und jedenfalls weit weg von der Innenstadt und den Musikkollegen. Er hatte große Schwierigkeiten damit, halbwegs gerade zu laufen. Bei jedem zweiten Schritt drückte seine Schulter an die ihre und dazwischen drohte er immer wieder, seitlich wegzukippen und sie auch noch mit zu reißen.

"Wasser", fiel ihm wieder ein.

Sein Durst trocknete ihm den Mund gänzlich aus, sodass er nicht einmal mehr die Zunge bewegen konnte, um die Frau zu fragen, wo sie ihn hin schleifte. Eigentlich war es ihm ohnehin egal. Den Festumzug würde er verpassen, was vielleicht die beste Lösung für alle war. Er wollte dem Ruf der Tiroler Repräsentanten keineswegs schaden und für peinliche Zwischenfälle sorgen.

An der Seite der großmütterlichen Grazerin fühlte er sich gut aufgehoben. Wahrscheinlich hätte er sich ohne sie hoffnungslos verlaufen und wäre niemals wiedergefunden worden. Seine Mutter hätte kein Wort mehr mit Onkel Bernhard gesprochen und bis an ihr Lebensende um ihren liebsten Sohn getrauert. Seine Mitschüler hätten alle die Schule abgebrochen, aus Schmerz über den Verlust ihres liebsten Mitschülers und natürlich hätte Sofie aus der Parallelklasse allzu spät ihre Liebe zu ihm entdeckt und sich aus Kummer von der nächsten Brücke gestürzt.

Er war der Alten wirklich dankbar, da sie durch ihre selbstlose Hilfe eine ganze Reihe von Menschen vor einem traurigen Schicksal bewahrt hatte. Das alles konnte er ihr aber nicht sagen, so trocken war sein Mund und schwer seine Zunge.

Vor einem klassischen Stadthaus mit vier Stockwerken und einer schweren Eingangstür machte die Frau Halt und kramte nach dem Schlüssel in ihrer winzigen Ledertasche. Als die Tür geöffnet war, gab sie ihm einen leichten Schubs und ließ ihn ins Haus schwanken. Es roch etwas muffig in dem marmornen Stiegenhaus.

"Rauf da", kommandierte sie, auf die Stufen deutend. Schwankend und in einem armseligen Tempo schleppte er sich Stufe für Stufe hinauf. Die Frau wirkte daneben weitaus vitaler und wendiger.

Zu seinem Glück befand sich ihre Wohnung im ersten Stock. Gleich hinter der Eingangstür stand eine kleine Bank, auf die er sich schwerfällig niederließ. Mit einer strengen Kopfbewegung deutete sie auf seine Schuhe.

"Unmöglich", dachte er sich und sah sie hilflos an. Wie ein uralter Greis streckte er ihr mit letzter Kraft das Bein hin und sie zog angestrengt an seinen Trachtenschuhen. Wie er es dann noch ins übervolle Wohnzimmer voller Häkeldecken und Vorhängen geschafft hatte, wusste er nicht mehr. Aufgewacht war er erstmals wieder im Badezimmer, über die rosarote Kloschüssel gebeugt und von Klopapier umringt.

8

Die Musikkapelle Feldkirchen bei Graz führte den feierlichen Umzug an. Mit dem "Grazer Bummler"-Marsch und in ordnungsgemäßem Gleichschritt bildeten sie den Anfang einer hunderte Meter langen Menschenschlange, die sich durch die Grazer Innenstadt wand. Auf den Gehsteigen und Einfahrten drängten sich schaulustige Besucher aus den umliegenden Gemeinden und klatschten anerkennend, wann immer eine Kapelle an ihnen vorbeimarschierte.

Einen besonderen Anblick bot inmitten der grünbeleibten Formationen die blitzblau uniformierte Musikkapelle Bieberbach. Eine Tiroler Kapelle war nicht alltäglich in Graz und den Tiroler Musikkapellen wurde nachgesagt, sie gehörten zu den stolzesten des Landes. Einige munkelten, in Tirol gehöre Blasmusik zum regulären Unterrichtsstoff und jedes Kind müsse in Tirol ein Instrument lernen. Umso neugieriger warteten die Steirer auf die Gastkapelle aus den Bergen und nahmen sich vor, Marschier- und Spielkunst genauestens zu mustern.

Im Bewusstsein des großen Interesses der Zuseher hatte der Bieberbacher Stabführer den Musikanten vor Antritt des Festumzuges einen nachhaltigen Vortrag gehalten. Er wies sie an, den Abstand zum Vordermann bei genau eineinhalb Metern, zum Nachbarn einen Meter einzuhalten. Außerdem sei die Instrumentenhaltung und das gemeinsame Hochfahren der Instrumente vor dem Marsch ungeheuer wichtig. Die Kommandos sollten nach Möglichkeit zackig und gleichzeitig ausgeführt werden und besondere

Vorsicht sei bei den Wiederholungen der einzelnen Marschteile geboten, damit die Trompeter ihre Signale an der richtigen Stelle anbringen konnten.

Nach seiner Rede warf er einen prüfenden Blick auf die Musikanten und schritt die Reihen ab. An einer Stelle machte er plötzlich Halt.

"Wo ist der Aushilfstrompeter", fuhr er den erschrocken auffahrenden Posaunisten an, der sein Zimmer mit Johannes teilte. Ein unruhiges Tuscheln erfüllte die Formation.

"Ruhe, wir sind immer noch in Habt-Acht-Stellung", schoss es aus dem Stabführer. "Peter, wo ist Johannes", fragte er nochmals den suchend um sich blickenden Posaunisten.

"Vorher war er noch genau neben mir und dann...", stammelte der Musikant.

Die Zeit schien kein Erbarmen mit der Gastkapelle zu haben. Vor den Bieberbachern bildete sich ein immer größerer Abstand zum Musikverein Graz Eggenberg, der mittlerweile abmarschiert war. Schnell wurden die Musikanten herumgerückt, um die Lücke, die an Johannes' Stelle in der vierten Reihe entstanden war, möglichst zu kaschieren.

Das Verschwinden von Johannes nagte an der Konzentration der Spieler, weswegen die kleine Trommel gleich beim Einschlagen einen markanten Rhythmusfehler hinlegte. Abgesehen davon fehlte mit Johannes auch die unverkennbare erste Trompetenstimme, was die ersten Takte des Marsches sehr mager wirken ließ.

Diese Missstände versuchten die Musikanten durch das penible Einhalten der Formation und eine majestätisch stolze Körperhaltung auszugleichen. Die Marketenderinnen legten ein verführerisches Lächeln auf ihre Lippen und nickten den Zusehern freundlich zu.

Der optische Reiz schien beim Grazer Publikum weit größeren Eindruck zu machen, als die spielerische Qualität. Ein tosender Applaus ertönte, als die leuchtend blau uniformierten Bieberbacher in die Innenstadt einzogen. Langsam entspannte sich der Stabführer und genoss das Bad im begeisterten Getümmel. Der kritische Übergang ins Trio gelang tadellos, das fehlende Trompetensignal wusste ein Posaunist gekonnt zu improvisieren, sodass Johannes' Fehlen nicht auffiel. Auf den ersten Marsch folgte gleich ein weiterer und der Weg zum Festzelt war bald geschafft. Ein bravouröses Piccolosolo bildete das Finale des Auftrittes. Erleichtert senkten die Musikanten ihre Instrumente und blieben diszipliniert in Habt-Acht-Stellung, bis der Stabführer den Befehl zum Abtreten gab.

Eine spürbare Erleichterung machte sich sowohl beim Stabführer, als auch unter den Musikanten breit, als der Einzug abgeschlossen war. Die Tubisten wischten sich den Schweiß von der Stirn und erleichterten sich des Gewichtes ihrer schweren Instrumente.

Bei Bernhard war die Nervosität noch nicht gewichen. Im Gegenteil! Das Verschwinden seines Neffen war die größte Katastrophe, die er sich für den Musikausflug ausmalen konnte.

Wie sollte er seiner Schwester nur beibringen, dass er stumm mit angesehen hatte, wie sich Johannes während der gesamten Busfahrt volllaufen gelassen hatte und anschließen in der Grazer Innenstadt unbemerkt verschwinden konnte. Nicht auszudenken war, was passieren würde, wenn ihm etwas zustieß! Wo war er nur gewesen, als sich Johannes von der Gruppe entfernt hatte?

Verzweifelt versuchte er, die letzten Minuten zu rekapitulieren und überlegte, mit wem er sich unterhalten, wen er beobachtet und was er gedacht hatte. Nicht gerade stolz auf die Gedanken, die ihn bis vor kurzem beschäftigt hatten, musste er zugeben, dass er wohl weit mehr an den Grazer Damen mit ihren gutsitzenden Dirndln gehangen hatte, als an seinem Neffen.

Gemeinsam mit seinem Registerkollegen hatte er die umliegenden Damen beobachtet, kommentiert und war schließlich sogar mit zwei hübschen Mittvierzigerinnen ins Gespräch gekommen. Unter dem unauffälligen Vorwand, wo man in der Innenstadt ein gutes Gläschen Wein am Abend zu sich nehmen konnte, baten sie die Damen um eine Auskunft. Hilfsbereit, wie es die Gastfreundlichkeit gegenüber Gästen gebot und angetan vom herzigen Tiroler Dialekt, erklärten die Damen ausführlich die vielen Möglichkeiten, sich in Graz zu amüsieren und erklärten sich sogar bereit, nach den Festakten im Zelt eine kleine, persönliche Lokaltour zu organisieren.

Wie sollte Bernhard seiner Schwester nur beibringen, dass er mit zwei fremden Grazerinnen geflirtet und dadurch seinen Neffen Johannes aus den Augen verloren hatte? Was würde seine Frau nur sagen, wenn sie herausfände, dass Bernhard aus dem letzten Musikausflug nichts gelernt hatte und erneut ihr Vertrauen missbrauchte? Unweigerlich würde das das endgültige Aus seiner Vereinszugehörigkeit darstellen. Ein weiteres Mal würde sie ihm nie verzeihen!

Das schlechte Gewissen nagte an ihm, wie der Durst an seinen Kameraden. Unter einem Vorwand befreite er sich aus den Fängen der zwei Grazerinnen, die schon kurz nach dem letzten Ton wieder herbeigestürmt waren, um ihre Begeisterung zur Darbietung persönlich kund zu tun. Unauffällig schlich er sich davon und lief den ganzen Weg zurück in die Innenstadt, wo der Umzug begonnen hatte.

9

Florian knöpfte sein Hemd etwas auf, um der Hitze etwas entgegen zu wirken. Der offizielle Teil war für die Musikanten beendet. Nun sollten nur noch einige wenige Ansprachen der lokalen Politiker und Funktionäre folgen und anschließend ein gemütliches Essen und ein gemeinsamer Ausklang im Festzelt stattfinden. Das Horn verstaute er im Koffer und legte Hut und Noten daneben.

Bisher war der Ausflug für ihn mehr anstrengend als unterhaltsam gewesen. Nach der frustrierenden Busfahrt neben dem schwerhörigen Tenorhornisten und dem Gegröle aus der hinteren Busreihe hatte er das Ende der Busfahrt kaum abwarten können. Die anfängliche Freude, dass Theresa in seiner unmittelbaren Nähe saß, war schnell verflogen, da er die ganze Zeit nur ihre Schulter sah und kaum ein Wort mit ihr wechseln konnte. Zu sehr wurde sie von der Marketenderin neben sich in Anspruch genommen. Das Mittagessen hatte ihn nur angewidert und zu allem Überfluss musste er das Zimmer mit dem Busfahrer teilen.

Er sah in dem angebrochenen Abend und dem folgenden Tag kaum Potenzial, dass aus diesem Ausflug noch ein unvergessliches Erlebnis werden konnte. Manch einer hätte sich mit ein paar Schnäpsen

Abhilfe verschafft. Aber trinken war für ihn kein Heilmittel gegen Frust und Unlust. Ein Grillhendl, ein paar Zigaretten und dann früh ins Bett, so lautete sein Plan für den Abend.

Florian fuhr sich durch seine dunkelblonden Locken und zerstrubbelte die vom Hut flachgedrückten Haare. Gleichgültig suchte er sich den nächstbesten freien Platz im Zelt und bestellte bei der ersten Kellnerin, die vorbeikam, ein Grillhendl. Gierig machte er sich anschließend über sein Essen her. Von seinen Musikkollegen war weit und breit niemand zu sehen. Umso besser, dachte er. Die letzten Stunden hatten sie ihn alle verärgert.

An dem Tisch, den er sich kurzerhand ausgesucht hatte, war er der einzige, der schon aß. Die anderen warfen ihm missbilligende Blicke zu und verdeutlichten ihm mit ein paar Kopfschwenks, dass erst die Festansprachen folgen sollten und der Anstand erst danach das Essen vorsah.

Florian hatte alles und jeden um sich herum satt. Gleichgültig zuckte er mit den Schultern und war selbst verwundert über seine provokante Gleichgültigkeit.

Gerade war ihm bewusst geworden, dass er sich ständig nach anderen richtete. In der Arbeit war er noch nie zu spät gekommen, dafür umso öfter am Abend als letzter nach Hause gegangen. Über die Überstunden und die viel zu geringen Gehaltsanpassungen hatte er noch nie eine Beschwerde laut gemacht. Selbst in der Freizeit opferte er sich für alle auf und war bei mehreren Vereinen aktiv tätig. Und wozu? Weder sah er sich in besonderem Reichtum schwelgen, noch konnte er auf unzählige verlässliche

Freunde bauen. Die Frauen, die sich für ihn interessierten, langweilten ihn und steigerten seinen Frust. Die einzige Frau, die er begehrte, war seit Jahren in festen Händen. Und am aller meisten störte es ihn, dass er die Tatsache, dass er niemals eine Chance bei Theresa haben würde, einfach nicht akzeptieren konnte.

Die Festansprachen mit ihren inhaltslosen Floskeln und leeren Visionen raubten ihm die letzten Nerven. Nach dem letzten Bissen warf er die Gabel hin und verließ den Tisch, um an die frische Luft zu gehen. Er konnte auch gleich zum Bahnhof laufen und nach Hause fahren, schoss es ihm durch den Kopf. Vorher zündete er sich aber noch eine Zigarette an, um sich zu beruhigen.

Es dauerte nicht lange, bis die gewünschte Ruhe unterbrochen wurde und eine pummelige Marketenderin in Grün an ihn herantrat: "Trinkst a Schnaps'l mit mir?" Bevor er eine Antwort gab warf er ihr einen bitterbösen Blick zu. In diesem Moment hatte er den Tiefpunkt seiner Laune erreicht.

Was war nur mit ihm passiert, dass er dermaßen aggressiv geworden war? Der Frust wegen Theresa, auf die Musikkameraden und auf den misslungenen Ausflug insgesamt mündeten immer mehr in eine Wut auf sich selbst. War nicht jeder seines Glückes Schmid?

Mit einem tiefen Seufzen brachte er sich selbst wieder in Fassung. Die Marketenderin blickte ihn etwas verstört an.

"Entschuldige", sagte er und ließ sich bereitwillig einen Schnaps einschenken.

Vielleicht half es ihm ja doch, den Ärger herunterzuspülen und die Fassung wieder zurück zu bekommen. Die Marketenderin schüttelte nur belustigt den

Kopf. Sie war schon viel zu angeheitert, um sich noch Gedanken über die Gewohnheiten einzelner Musikanten zu machen. Der Schnaps war erstaunlich gut und füllte Florian mit einer wohligen Wärme. Anerkennend nickte er der Marketenderin zu und begann sich mit ihr zu unterhalten.

Sie hieß Anna, war neunzehn Jahre alt und Marketenderin bei der Postmusik Graz. Sie war nicht besonders groß und wirkte etwas kugelig unter dem voluminösen Faltenrock. Aber Anna hatte ein Gesicht, das immer zu lachen schien. Auch wenn sie gerade nachdachte oder konzentriert an ihrem Schnapsfass schraubte, formten ihre Augen und Mundwinkel ein herzliches Lächeln.

Die Zigarette, die ihr Florian hingehalten hatte, lehnte sie dankend ab. Dafür müsse sie aber noch einen Schnaps mit ihm trinken, trug er ihr auf. Nach kurzem Zögern willigte sie ein und gab die zweite Runde aus. Interessiert befragte er sie zu Graz und zu ihrer Arbeit in einem Reisebüro. Es tat gut, mit jemandem zu reden, der nicht aus der Bieberbacher Musikkapelle war und der nicht nur über die zahlreichen Absurditäten schwärmte, die der Ausflug möglicherweise zur Realität werden lassen könnte.

Nach einiger Zeit kam eine große Blonde in derselben Tracht wie Anna auf die beiden zu und warf einen anerkennenden Blick auf Florian und anschließend auf Anna. Annas Wangen nahmen sofort eine tiefrote Farbe an und sie schüttelte nur überzeugt den Kopf.

"I bin schon wieder dahin", sagte die Kollegin und machte auf der Stelle kehrt.

Anna lief ihr nach und schien wichtige Klarstellungen zu machen, versuchte man, ihre Gesten und die ernste Miene zu deuten. Nach der angeregten Diskussion kam Anna zu Florian zurück und verabschiedete sich. Sie müsse ihre Kollegin kurz auf die Toilette begleiten und danach zu ihrer Kapelle, um den Ehrenmitgliedern einen Schnaps auszugeben.

"Die Arbeit geht vor", zeigte er sich verständnisvoll und sah ihr nach, wie sie bestimmten Schrittes im Zelt verschwand.

Die Abwechslung hatte ihm gutgetan. Die Grazer waren so anders als seine Tiroler Kollegen und Anna von Grund auf verschieden zu Theresa. Sie hatte ihn auf andere Gedanken gebracht. Ins Zelt und zu seinen Kameraden wollte er trotzdem nicht zurück. Deshalb drehte er noch ein paar Runden auf dem Festgelände, rauchte ein paar Zigaretten und setzte sich in die Bar, wo er bestimmt niemanden kannte.

10

Die Festansprachen waren wie erwartet mühsam für alle Beteiligten, bis auf die Redner selbst. Jeder der vier anwesenden Politiker und der zwei Funktionäre aus dem Bezirksblasmusikverband begann seine Rede mit dem ungeheuren kulturellen Wert, den die Blasmusik seit Generationen in sich trug. Sie sei das Bindeglied zwischen Alt und Jung.

Die Musikkapelle gleiche einem Baum, fest in der Geschichte und die Region verankert durch seine Wurzeln, also die älteren Mitglieder. Der Stamm und die Äste werden von den Musikanten im mittleren

Alter gebildet, die dem Baum Halt geben und ihn auch bei starken Gegenströmungen standhaft und stabil halten. Die jungen Äste und die Blätter versinnbildlichen den Nachwuchs innerhalb des Vereins, der sich an die kräftigeren Äste hängt und den Wurzeln und dem Gehölz frische Energie bringt. Ohne die Blätter können weder die Wurzeln noch der Stamm fortbestehen und umgekehrt. Das Miteinander der Generationen in der Musik ist also nicht bloß ein ideelles, sondern ein überlebenswichtiges Muss!

Wie oft hatte wohl jeder der anwesenden Musikanten das Gleichnis vom Baum, der die Musikkapelle symbolisierte, bereits gehört?

Von Rede zu Rede wurde die Aufmerksamkeit im Zelt geringer. Bei der letzten und weitaus längsten Rede, jene des Grazer Kulturreferenten, musste der Moderator einschreiten und die Zeltbesucher aufrufen, noch etwas Geduld zu haben, aus Respekt vor den Festrednern.

Schülern, die sich ein derartiges Verhalten während eines Vortrages leisteten, würde ein Lehrer eine ordentliche Standpauke halten und sie mit schlimmsten Konsequenzen strafen. Erwachsene hingegen waren weder einzuschüchtern noch zu erziehen und dadurch oft weitaus ungehobelter als Kinder. Die mangelnde Disziplin im Zelt war der lebendige Beweis dafür.

Hochmotiviert trugen die Musikanten humpenweise Bier an ihre Tische. Es ist ein oft beobachtetes Verhalten, das Erwachsene an den Tag legen, wenn sie sich als Teil ihres Vereins in der Öffentlichkeit bewegen. Die Uniform, das Instrument und alle weiteren gemeinsamen äußerlichen Merkmale stärken das Selbstverständnis jedes einzelnen, Teil eines übergeordneten Ganzen zu sein. Und dieses Gefüge, welches ganz anderen Regeln folgt als etwa das Familien- oder Berufsleben im Alltag, gibt jedem einzelnen die Möglichkeit, sich eine neue Identität aufzubauen, in die man sich wie in eine Parallelwelt hineinflüchten kann.

Sobald sich ein Musikant in seine Uniform wirft, streift er seinen Alltag, seinen Beruf und seine Rolle in der Familie ab und eröffnet sein zweites Ich, das unter dem Deckmantel des Vereins steht. Hier findet jeder eine neue Rolle, erhält den Respekt, den er im täglichen Leben nicht bekommt oder wird mit einer verantwortungsvollen Führungsposition betraut, von der er im eigenen Beruf nur träumen kann.

Die Musikkapelle ist für viele Mitglieder weit mehr als ein persönliches Hobby. Einige nutzen die wöchentliche Zusammenkunft bei der Probe als einzige Ausbruchsmöglichkeit, als wertvolle Zeit für sich selbst, abseits des Familien- oder Berufsalltages. Andere leben im Verein eine Seite von sich aus, die sie sonst beständig unterdrücken. Die meisten jedenfalls treten einem Verein bei, um sich einen Ausgleich zum Gewohnten zu schaffen.

Als Musikant wird einem weit mehr verziehen als im Privaten. Die gesellschaftliche Toleranzschwelle gegenüber einer Horde Brauchtumsvertreter, die sich dem Erhalt der Kulturtraditionen verschrieben haben, ist sehr hoch angesetzt. Deshalb werden ausschweifende Zusammenkünfte, wie jene in Feldkirchen bei Graz, mit amüsierter Gelassenheit betrachtet und jeder sieht bereitwillig davon ab, welche moralischen Bedenken das Verhalten einzelner normalerweise nach sich ziehen würde.

Wie würden sich die Musikanten verhalten, wenn ihr Vorgesetzter plötzlich neben ihnen säße, in einer Musikuniform und mit einem Bierkrug in der Hand? Die Erfahrung bringt einem zu dem Schluss, dass sich die Stimmung dadurch keineswegs trüben würde. Vielmehr würde die Erkenntnis dieser bedeutenden Gemeinsamkeit das zukünftige Verhältnis zueinander positiv beeinflussen, vorausgesetzt man versicherte dem Gegenüber durch unausgesprochene Zeichen und einem kameradschaftlichen Schulterklopfer die absolute Verschwiegenheit nach außen zur normalen Welt.

Am Tisch der Bieberbacher Musikanten lagen die letzten Reste der Grillhendln verstreut neben leeren Bierkrügen und Schnapsgläsern. Unermüdlich wurden die Kellnerinnen beauftragt, weitere Runden zu bringen, auch wenn sich die Tischplatte bereits bog. Es herrschte ausgelassene Stimmung und der angebrochene Abend versprach noch ein rauschendes Fest nach sich zu ziehen.

Die Schlagzeuger machten sich einen Spaß daraus, bei jeder vorbeilaufenden Marketenderin eine Runde Schnaps zu trinken. Das regionale Schnapsangebot gehörte immerhin zum Kulturgut und abseits der Heimat sollte man sich den örtlichen Bräuchen und Spezialitäten anpassen. Bei insgesamt sechs Musikkapellen mit jeweils zwei bis vier Marketenderinnen war die Schnapsausbeute dementsprechend hoch.

Im Abstand von etwa zehn Minuten kam ein neues Pärchen von jungen hübschen Damen in aufwendigen Trachten an den Tisch, um ihren Schnaps als den besten von allen anzupreisen. Es hatte sich schon bald herumgesprochen, dass bei den Schlagzeugern der

Bieberbacher ein sicheres Geschäft wartete. Deshalb besuchten die geschäftstüchtigen Marketenderinnenpaare den Tisch bewusst öfter, als andere Tische.

Die Schlagzeuger zogen daraus für sich den Schluss, dass es in Graz viel mehr Marketenderinnen gab als zu Hause. In ihren grünen Trachten sahen die Mädchen sich außerdem zum Verwechseln ähnlich. Dass sie aber von einigen schon mehrmals besucht worden waren, fiel ihnen nicht mehr auf.

Bei den älteren Musikanten am anderen Tischende wurde indes heftig diskutiert. Es sei eine Zumutung, dass der Steirische Blasmusikverband schon nach zwanzig Jahren Funktionärstätigkeit im Verein das Verdienstabzeichen in Silber vergab, der Tiroler hingegen erst nach fünfundzwanzig Jahren. Hubert hatte dieses Detail von einem Tubisten der Grazer Postmusik erfahren und seinen Bieberbacher Kollegen erzählt.

Die Österreichische Blasmusikordnung werde durch solche Unterschiede aus dem Gleichgewicht gebracht, waren sich die Altmusikanten einig und überlegten bereits an einer Strategie, wie sie diese Missstände aufdecken konnten.

Die Musikantinnen im Festzelt waren eindeutig in der Unterzahl. Theresa und ihre Kolleginnen an der Flöte und der Klarinette machten sich auf den Weg in die Weinlaube, wo sie sich eine spritzige Alternative zum bitteren Bier erwarteten, das ihnen immer viel zu schwer im Magen lag. Die Weinlaube war in der hintersten Ecke des Festzeltes und war mit grünen Ästen und ein paar Österreichischen Flaggen geschmückt. Hier hatte man beinahe das Gefühl, in einer gemütlichen Buschenschenke gelandet zu sein.

Die blau gekleideten Bieberbacherinnen zogen alle Aufmerksamkeit auf sich. Einige Grazer Musikanten sahen sich in der Verantwortung, die Gäste aus dem fernen Tirol an einen Tisch zu führen und ihre Wünsche aufzunehmen. Kichernd bestellten die Bieberbacherinnen eine Flasche Steirischen Weißburgunder und machten angesichts der gastfreundlichen Herren, die sie umzingelten, keine Anstalten, in ihren Geldtaschen zu kramen.

Was die Musikanten können, können die Musikantinnen allemal, war das Credo der Damen, nur natürlich in weit sittlicheren Ausprägungen und mit viel edleren Tropfen. Hier ging es nicht darum, sich kopflos volllaufen zu lassen, sondern bei einem schmackhaften Gläschen etwas locker zu werden und sich zu amüsieren.

Unter den vorwiegend älteren und unattraktiv aufgedunsenen Herren fanden sich in der Weinlaube auch einige wenige Musiker, die den Bieberbacher Musikantinnen sehr gut zu Gesicht standen. Eine der Klarinettistinnen hatte sich schon einen feschen Postmusikanten angelacht und war in ein angeregtes Gespräch über die Berge Tirols und die Vorzüge der Grazer Hügellandschaft für den Weinbau verwickelt.

Es dauerte nicht lange, bis sich auch Theresa in einem Gespräch über die Unterschiede der Grazer und Tiroler Landschaft wiederfand. Was war es nur für eine Eigenart in einem Kleinstaat wie Österreich, dass die Bewohner der einzelnen Bundesländer den Eindruck hatten, sie stammten aus schier unterschiedlichen Welten, so groß seien die Unterschiede der einzelnen Regionen.

Dabei gab es in Tirol genauso hügelige Gegenden wie in der Steiermark und die Steirer bekamen in der

Tiroler Höhenluft weder Atemnot, noch fühlten sie sich dort fremd.

Ein Dauerthema zwischen den Bewohnern der einzelnen Bundesländer war der Dialekt. In kaum einem anderen Land ist die Vielzahl und Ausprägung der Dialekte so hoch wie in Österreich. Das bedeutete einerseits, dass man sich im restlichen Land immer sofort mit seiner Herkunft zu erkennen gab und andererseits musste man sich auch ständig auf seine Redensart beschränken lassen und sich damit anfreunden, dass jedes zweite Wort vom Gegenüber belustigt wiederholt wurde.

"Ganz herzig", fand auch Theresas Gegenüber ihr Tiroler "K", das sie wie ihre Landsleute meist wie ein "Cckkhh" aussprach. Theresa schmunzelte über seine Strategie, über den Dialekt ein sicheres Gesprächsthema zu finden, bei dem jeder mit seinem persönlichen Erfahrungsschatz einen Beitrag leisten konnte und der Gesprächsstoff lange nicht ausgehen sollte. Trotzdem hatte sie die oberflächliche Sprachanalyse bald satt und lenkte das Thema auf seine Person.

Der junge Mann war sichtlich angespannt und versuchte durch übertriebene Ausführungen, seine Arbeit als Monteur bei einem Telekommunikationsunternehmen in ein spannendes Licht zu rücken.

Er war groß, schlank gebaut und trug die Haare in lässigen, schulterlangen Locken. Seine Hände waren auffallend groß mit langen, dünnen Fingern. Er hatte aufgrund seiner Größe eine etwas eingeknickte Körperhaltung, bei der ein Knie nach vorne, das andere hingegen nach hinten gebogen wurde. Beim Anblick des unnatürlich verkehrt gebeugten Beines musste Theresa eine angewiderte Grimasse in ein gekünsteltes Niesen verwandeln, um ihn nicht zu kränken.

Für sie standen alle Zeichen auf Schlagzeuger. Trotzdem fragte sie den Jungen, welches Instrument er denn spiele.

"Horn", antwortete dieser.

Ungläubig runzelte Theresa die Stirn und war überrascht. Das Horn gehörte zu jenen Instrumenten, die in vielen Musikkapellen vom Aussterben bedroht waren. Trotz seines majestätischen Tones und der vielseitigen Klangfarben, war es in der traditionellen Blasmusik oft auf die langatmige und anstrengend statische Begleitung der Melodieinstrumente beschränkt. Hornisten gebührte deshalb aus Theresas Sicht großer Respekt. So nickte sie dem jungen Grazer anerkennend zu.

Schlagzeuger waren ihr zuwider. Diese hatten eine übertriebene Meinung von sich selbst und überspielten mit ihrem aufgesetzt lockeren Auftreten ihre Unverlässlichkeit.

Eine kaum nennenswerte Beziehung aus ihren jüngeren Jahren mit einem Schlagzeuger aus der Musikkapelle hatte ihr dieses Wissen bestätigt. Die Liebesgeschichte war nur von kurzer Dauer gewesen und endete nicht nur mit dem Austritt des Schlagzeugers aus der Kapelle, sondern auch mit dem Entschluss Theresas, nie wieder eine Affäre mit einem Musikerkollegen zu beginnen. Und mit einem Schlagzeuger schon gar nicht.

Die Hornisten, die sie kannte, waren hingegen allesamt sympathisch, zuvorkommend und drängten sich nicht ständig in den Mittelpunkt.

Mit der Zeit entspannte sich der Grazer zusehends und erzählte angeregt von seiner Zeit bei der Militärmusik, als er sich neben dem Horn auch an vielen anderen Instrumenten versucht hatte, aber endgültig zu dem Schluss gekommen war, dass ihn das Horn am meisten erfüllte. Er genoss es sichtlich, ein Instrument zu spielen, das Theresa so fremd war und er wurde nicht müde, ihr von den zahlreichen Effekten zu berichten, die nach intensiver Trainingsarbeit aus dem Horn herauszuholen waren.

Der süffige Weißwein wirkte sich zunehmend auf Theresas Stimmung aus. Mittlerweile lachte sie auffallend oft über die Späße des feschen Grazers und es schien, als würde ihr seine Erscheinung mindestens genauso imponieren, wie sein Geschick am Horn.

Als sich Theresa zwischendurch nach ihren Musikkolleginnen umsah, stellte sie fest, dass auch diese in bester Unterhaltung waren. Die Klarinettistin hängte am Hals eines stattlichen Nestelbachers und ihre Flötenkollegin unterhielt sich mit zwei, offensichtlich sehr interessierten Mittvierzigern, die eine Runde nach der anderen ausgaben.

Die Weinlaube war gut gefüllt. In der letzten halben Stunde hatte sich die Zahl der Besucher mindestens verdoppelt. Aus den hinter Weinranken versteckten Lautsprechern erklangen lockere Stimmungsmusik und alte Schlager aus den Siebzigerjahren.

Der Grazer Hornist wippte vergnügt mit seinem vorstehenden Knie, was das zweite Knie noch mehr nach hinten stehen ließ. Trotz dieser Auffälligkeit und der krummen Körperhaltung hatte der junge Mann etwas, das Theresa gefiel.

Vielleicht war es sein freches Gesicht mit den verspielten Haaren, vielleicht war es auch die Mühe, die er sich machte, ihr zu imponieren und sie zu unterhalten. Theresa fühlte sich selbstbewusst und attraktiv durch seine Umgarnung. Es war lange her, dass sie sich so entspannt in der Bewunderung eines jungen Mannes suhlte.

Zuhause war das auch undenkbar! Jeder wusste, dass sie und ihr Lukas unzertrennlich waren und jeder wartete bereits sehnsüchtig auf eine große Hochzeit mit hundertfünfzig Personen und selbstverständlich der ganzen Musikkapelle.

Hier in Graz kannte sie niemand. Hier durfte sie sich auch einmal außerhalb des Tellerrandes bewegen und austesten, wie sie als Frau wirkte.

Es war so einfach, dem jungen Mann den Kopf zu verdrehen. Der Wein machte sie immer mutiger. Nach einer besonders unterhaltsamen Anekdote des Hornisten, lachte sie schallend auf und legte ihre Hand auf seinen Unterarm. Die Reaktion des jungen Mannes war eindeutig. Sofort verengten sich seine Augen zu einem verführerischen Blick. Er straffte seine Schultern und stand plötzlich sicher und gerade auf den Beinen. Lässig warf er seine Haare zurück und deutete zu den tanzenden Paaren in der hinteren Ecke der Weinlaube.

"Willst du?" Fragte er und machte sich schon auf den Weg.

Als Theresa kurz zögerte nahm er ihren Arm und hakte ihn sich selbstsicher an seinem Arm ein. Er beschleunigte seinen Schritt und drehte sie, kaum bei den Tanzenden angekommen, aus dem einen Arm in den anderen und wieder zurück.

Er war ein sehr geübter Tänzer und wieder wunderte sich Theresa darüber, dass sie den jungen Mann derart falsch eingeschätzt hatte. Die asymmetrischen Beine und das falsch gebogene Knie hatten in ihren Augen für weit weniger Agilität gesprochen.

In der Tat war der Hornist ein selbstsicherer und bestimmter Tänzer. Theresa hingegen war nicht sehr geübt auf dem Parkett.

Ihr Lukas scheute sich vor jeder rhythmischen Bewegung, erst recht umgeben von beobachtenden Augen. Im festen Griff des Grazers und seinen klaren Führungsimpulsen folgend, fühlte sich Theresa jedoch sicher wie eine Turniertänzerin. Sie schien in seinen Armen herum zu wirbeln wie eine federleichte Puppe und landete immer wieder sicheren Fußes vor ihrem Partner.

Sie konnte sich nicht erinnern, jemals so getanzt zu haben. Umgeben von den vielen anderen Tanzenden und beflügelt durch die flotte Musik, die sie zu immer ausgelasseneren Bewegungen verleitete, wurde der enge Körperkontakt nicht nur Mittel zum Zweck, sondern auch ein wachsendes Verlangen.

Anfangs war er der großgewachsene, lässige und unsicher wirkende Grazer. Dann hatte er sich zum höflichen, aufmerksamen und sittsamen Hornisten entwickelt und mittlerweile sah Theresa in dem jungen Mann einen attraktiven, temperamentvollen und unsagbar geschickten Vollbluttänzer.

War es der Wein oder war es der Tanz, der die Tirolerin immer näher zu dem Grazer hinzog? Jedenfalls fand sie sich in einer engen Umklammerung mit ihm wieder. Die plötzlich ruhige Musik verlangte nach einem klassischen "Schleicher".

Theresas Kopf ruhte auf der Schulter des Grazers. Sie wusste, dass sie bereits weit über ihre Grenzen hinausgeschossen war. Sie spürte die Arme des Mannes um ihre Taille gelegt und mochte das Gefühl des angespannten Schultermuskels unter ihrer Wange.

Auch sein Geruch stieg ihr angenehm in die Nase. Er roch nach einer Mischung aus frischem Herrenparfum, oft getragenen Loden und warmem, frischem Schweiß. Sie saugte den Geruch bewusst ein und drückte ihre Hände etwas fester auf seine Schulterblätter.

Den Kopf hielt sie streng auf der Schulter ruhend, von seinem Gesicht abgewandt. Auch wenn sie sich noch so von dem jungen Mann angezogen fühlte, sie wollte auf keinen Fall riskieren, dass er sie küsste. Für jeden noch so unerfahrenen Mann hätten Theresas Signale großes Interesse und eine Bereitschaft zu mehr erahnen lassen und er wäre zum nächsten Schritt übergegangen.

Doch ein Kuss war außerhalb der Grenzen, die Theresa sich gesteckt hatte. Für ihren Freund Lukas hätte der Anblick ihres engen Tanzes mit dem Grazer und ihre umschlungenen Körper ausgereicht, um eine riesige Szene zu veranstalten. Doch Theresa hatte die Grenzen angesichts der Umstände, dass sie hier in Graz eh niemanden kannte, etwas gelockert. Die Berührungen, die sich aneinander reibenden Körper und die tiefen Blicke waren erlaubt, waren sie schließlich Teil eines unschuldigen Tanzes.

Schon mehrmals hatte der Grazer versucht, ihr tief in die Augen zu blicken und sich ihrem Gesicht zu nähern. Doch sie hatte es noch jedes Mal geschafft, mit einer schnellen Kopfbewegung, passend zur Musik, seinen Annäherungsversuchen auszuweichen.

Als wieder ein Musikstück verstummte und Theresa kurz aus ihrem berauschten Taumel erwachte, blickte sie suchend um sich und hielt Ausschau nach ihren Kolleginnen. Der Grazer bemerkte ihr plötzliches Aufschrecken und fragte sie höflich, ob sie einmal nach ihren Kolleginnen schauen wolle. Ihr Kopfnicken verursachte eine deutlich wahrnehmbare Enttäuschung im Blick des jungen Mannes. Dennoch führte er sie wie ein Beschützer durch die dicht gefüllte Weinlaube, zurück zu dem Tisch, an dem sie sich anfangs unterhalten hatten.

Von Theresas Kolleginnen war nur noch die Flötistin zu sehen, die sich noch immer angeregt mit den zwei Herren an der Theke unterhielt. Sie genoss die Aufmerksamkeit sichtlich und schien auch dem Wein immer mehr zuzusprechen. Als sie Theresa kommen sah, winkte sie sie aufgeregt herbei.

"Wo warst du so lange", fragte sie und zwinkerte ihr nach einem Blick auf den Grazer an Theresas Seite verstohlen zu.

"Tanzen", antwortete Theresa beiläufig.

"Ja sicher, ich verstehe schon", konterte die Kollegin und konnte sich ein weiteres Zwinkern nicht verkneifen.

"Wo sind die anderen", fragte Theresa.

"Die Biggi ist mit irgendeinem Musikanten raus und die jungen Mädels wollten in die Bar", so die Antwort.

Der Grazer Hornist blickte sie mit großen Augen an, in der Hoffnung, auch den restlichen Abend an Theresas Seite verbringen zu dürfen.

"Ich muss mal kurz raus", sagte Theresa.

"Soll ich dich begleiten", so der Grazer.

"Nein danke, ich bin gleich zurück", antwortete sie.

Draußen vor dem Festzelt fand Theresa endlich einen ruhigen Moment um tief durchzuatmen und die Hitze, die der Tanz in der Weinlaube verursacht hatte, etwas auslüften zu lassen.

Was machte sie da nur? Sie konnte das Interesse und die Begierde des jungen Grazers deutlich spüren. Gleichzeitig hatten der Tanz und das Gefühl, ihren Körper an den seinen zu schmiegen auch in ihr ein Prickeln verursacht. Sie wanderte auf einem sehr schmalen Grat zwischen der Treue zu ihrem Freund und der begierlichen Lust auf ein Abenteuer.

11

Es war bereits dunkel geworden. Die Grazer Innenstadt lag in einer lauen Nachtruhe da. Nur ab und zu hörte man ein Fahrzeug durch die Straßen rollen oder ein paar einzelne Stimmen in den Gassen miteinander sprechen.

Bernhard saß auf einer Bank und nahm den Musikhut ab, um sich den Schweiß von der Stirn zu wischen. Seit mehr als zwei Stunden war er ziellos durch die Straßen geirrt, hatte jedes Café, jede Gaststätte und jeden Park abgesucht. Von seinem Neffen Johannes war keine Spur zu finden.

An die hundert Mal hatte er versucht, den Aushilfstrompeter auf seinem Mobiltelefon zu erreichen. Immer war er sofort in der Mobilbox gelandet. Die anderen Musikanten konnte er ebenfalls nicht erreichen, um sich zu erkundigen, ob Johannes mittlerweile aufgetaucht war. Sein Akku war leer. Telefonzellen gab es zwar in Graz, doch kannte er keine einzige Nummer der Musikkollegen auswendig. Generell hatte er es nicht so mit Zahlen. Er konnte nur eine einzige

Telefonnummer auswendig, das war jene des Pannen-abschleppdienstes.

Die Suche nach seinem Neffen schien hoffnungslos verloren. In seinem Kopf kreisten die wildesten Gedanken über den Verbleib des Siebzehnjährigen.

Bernhard war ein Versager. Er war ein jämmerlicher Waschlappen. Seit seinem Wiedereintritt in die Musikkapelle nach dem Ausrutscher beim letzten Musikausflug und dem Eklat mit seiner Frau, war er ein braves Lämmchen gewesen.

Nach jeder Probe war er sofort nach Hause gefahren, er hatte nie mehr über den Durst getrunken und zu Hause nicht mehr über die Musikkapelle gesprochen. Das alles nur, um seiner Frau zu beweisen, dass er sich gebessert hatte und dass die Musikkapelle nicht nur schlecht war. Er hatte sich sehr darüber gefreut, dass er endlich wieder an einem Musikausflug teilnehmen durfte. Das hatte er nur Johannes zu verdanken und dessen besorgter Mutter, Bernhards Schwester, die Johannes als Trompeter nur dann aushelfen lassen wollte, wenn sie sich der schützenden Hand Bernhards sicher sein konnte.

Bernhard war nie der Strenge gewesen. Er hatte während der Busfahrt verständnisvoll mit angesehen, wie sich Johannes auf die für Musikkapellen übliche Weise in die Gruppe integrierte und war davon ausgegangen, dass so ein bisschen Schnaps dem Jungen wohl nichts anhaben konnte. Er ärgerte sich über seine Dummheit. Der Junge hatte ja kaum gegessen!

Dann erinnerte sich Bernhard an die Zeit vor dem Festumzug. Statt sich um seinen Neffen zu kümmern und ihn nach seinem Befinden zu fragen, hatte er sich mit zwei strammen Grazer Damen unterhalten, die offensichtlich großes Interesse an ihm hatten und ihn in seiner mittlerweile meist eingeknickten Männlichkeit bestätigten. Wo war Johannes dort gewesen?

Bernhard stand auf und machte sich auf den Weg zu dem Platz, wo sich die Kapellen vor dem Festumzug gesammelt hatten. Dort könnte er versuchen, sich in Johannes' Lage zu versetzen und einen möglichen Weg zu seinem Neffen zu finden. Ein letzter Funken Hoffnung loderte in Bernhard auf und fest entschlossen schritt er die nächtlichen Straßen ab.

Der Platz war wie leergefegt. Nur ein paar abgebrochene Blumen und ein paar herumliegende Pappbecher erzählten noch von dem volkstümlichen Spektakel am späten Nachmittag.

Bernhard stand an dem Platz, an dem er mit den Grazerinnen gesprochen hatte. Er erinnerte sich an die prallen Dekolletés der Damen und an die rot lackierten Fingernägel, die ihn mehrmals auf die Brust gestupst hatten. Wo war Johannes in dem Moment gestanden?

Er ging ein paar Schritte zurück, bis zu einem kleinen Bäumchen, das am Nachmittag noch einen wohltuenden Schatten geworfen hatte. Hier waren die Jungen gestanden. Hier hatten sie sich vor der brennenden Sonne geschützt und ihre betrunkenen Schädel entspannt. Das kleine Grünfeld um den Baum war sichtlich abgetreten und mit Zigarettenstummeln übersät.

Bernhard blickte angestrengt um sich. Von hier aus gab es mehr als fünf mögliche Straßen, die man einschlagen könnte. Welche hatte Johannes wohl gewählt? Vielleicht war ihm schlecht geworden, vielleicht hatte er eine Toilette gesucht!

In Bernhard keimte ein Gedanke, der ihm wie eine Offenbarung vorkam. Keine der fünf Straßen deutete in Richtung eines WC. Auch war keine der Straßen ausreichend bepflanzt, als dass man sich hinter einem Busch oder Baum, vor Blicken verborgen, erleichtern könnte.

Die schmalste und unauffälligste Gasse erschien ihm am logischsten. Diese ging er entlang und blickte sich suchend um. Hier war kein versteckter Verschlag oder ein verwachsenes Gärtchen, also ging er weiter. Auch an der nächsten Kreuzung war keine Aussicht auf ein stilles Örtchen.

Bernhard versetzte sich in die Lage seines Neffen. Was hätte er an seiner Stelle gemacht? Er wäre sicher nach rechts gelaufen. Aber warum nicht nach links? Oder doch gerade aus? Bernhard wusste, dass er sich in einem Lottospiel mit unzähligen Möglichkeiten befand. Jeder Weg eröffnete für sich wieder tausende Kombinationen, die ihn zu seinem Neffen führen konnten. Vielleicht war Johannes auch einfach wieder umgedreht, hatte jemanden nach dem Weg zu einer öffentlichen Toilette gefragt und war anschließend ins Hotel zurückgekehrt, weil ihm übel war.

Wie er die Geschichte drehte und wendete, es gab hunderte Möglichkeiten, aber keine sichere Antwort. Er konnte doch nicht einfach aufhören, nach seinem Neffen zu suchen! Er konnte doch aber auch nicht die ganze Stadt durchkämmen und jede Wohnung absuchen! Ja, er war wirklich ein Versager.

Mit hängenden Schultern ging er zurück zum Hauptplatz und machte sich auf den Weg zu einem Taxistand. Dort nannte er einem Fahrer den Namen der Unterkunft und ließ die Stadt hinter sich.

12

Florian saß an der Bar und beobachtete die angeheiterten Musiker in den verschiedenen grünen Trachten rund um sich herum. Zwischen einem Musikfest
in Tirol und in Graz waren kaum Unterschiede zu erkennen. Nur dominierten hier eben die grünen Trachten und die Worte klangen etwas anders.

Hier und dort schienen sich die Musikanten aber
ausgelassen ihrer Feierlust hinzugeben. Die Tracht
war wie ein Sichtschutz, hinter dem man seinen Alltag, seine Moral, seine Prinzipien für einen Moment
verstecken konnte und das hier und jetzt ohne ein
Morgen genießen konnte.

Morgen würde man die Tracht ja bereits abgelegt
haben und wieder als man selbst aufwachen.

Obwohl Florian nicht dasselbe Ziel wie die meisten
anderen verfolgt hatte, einen nach dem anderen zu
trinken, hatte er schon weit mehr intus, als es für ihn
üblich war.

Das Bier am Anfang, die zwei Schnäpse mit der
netten Grazer Marketenderin und die drei Barge-
tränke, die er in den letzten zwei Stunden geleert
hatte, um nicht ohne etwas dazusitzen, zeigten schon
Wirkung.

Das hatte darin geendet, dass er sich in einer Grazer
Musikantenrunde wiederfand, die lautstark verschiedene Marschtrios sang. Die Musikantenrunde war
eine willkommene Abwechslung zu seinen eigenen
Musikkollegen, die ihn am heutigen Tag ohnehin nur
verärgert hatten.

Jetzt stimmten die Grazer Musikanten einen
Marsch an, den Florian schon in- und auswendig

kannte. In Tirol wurde der Marsch wie eine Landeshymne verehrt und auch abseits der Landesgrenze gerne und oft gespielt. Die Musiker stießen Florian an, beim Trio auf die Bar zu steigen und den Text vor allen zum Besten zu geben.

"Sing, Tiroler! Du kannst das sicher am besten", herrschten sie ihn an.

Zwei Grazer stiegen ebenfalls auf die Bartheke neben Florian und hakten sich bei ihm ein. Die zwei grünen Musikanten und der Rote in der Mitte, allesamt auf wackeligen Beinen gaben ein herrlich zeltfesttypisches Bild ab. Die Menge tobte und alle stimmten in das Lied mit ein. Dazwischen wurden Schnapsgläser herumgereicht und viele Schulterklopfer ausgetauscht.

Die Bar schien ausschließlich mit Steirer Musikanten gefüllt. Sie jubelten Florian zu wie einem Popstar und ließen ihn und das Land Tirol lautstark hochleben.

Als das letzte "La" verstummt war, rollte eine abschließende Jubelwolke durch das Barzelt und über Florian hinweg. Zum Abschluss musste auch er noch einen Schnaps trinken.

Wer hätte nach dem anfänglichen Unmut Florians noch daran geglaubt, dass er sich hier inmitten der Steirischen Blasmusiker noch einmal so ausgelassenen Stimmung hingab?

Endlich konnte er sich kurz aus den Fängen der grünen Musikanten losreißen und verließ das Barzelt, um etwas frische Luft zu schnappen und eine Zigarette zu rauchen. Er schwitzte und ihm war etwas schwindlig. Doch er war schon lange nicht mehr so gut gelaunt gewesen. Und das nach all dem Ärger, den er heute hatte einstecken müssen. Fast wäre er schon mit dem Zug zurück nach Tirol gefahren, erinnerte er sich zurück an den nachmittäglichen Unmut und schüttelte schmunzelnd den Kopf.

Wie schnell die Stimmung umschlägt, wenn ein paar Musikanten neue Töne anschlagen.

Er rauchte und genoss die laue Abendluft. Das Barzelt war neben dem großen Festzelt aufgestellt. Auf der anderen Seite gab es eine kleine Weinlaube, aus der alte Schlager und ein paar amerikanische Oldies zu hören waren. Immer wieder öffnete sich der Zeltvorhang und ein paar Musikanten, vorwiegend mittleren Alters, torkelten aus dem Bauch des weißen Kunststoffzeltes.

Eines musste man dem Feldkirchner Musikfest lassen: Es hatte wirklich für jede Zielgruppe etwas zu bieten. Auch der Festplatz war gut gewählt. Er war weit genug von den Stadthäusern entfernt, sodass man sich auch im Freien aufhalten konnte, ohne die Stadtbewohner zu stören.

Florian warf die abgebrannte Zigarette auf den Boden und machte sich auf den Weg zurück ins Barzelt. Er warf noch einen abschließenden Blick zum Eingang der Weinlaube, wo sich der Vorhang gerade wieder öffnete und eine rotblaue Frauentracht freigab. Sofort erkannte Florian die heimische Aufmachung und hielt kurz inne, um zu sehen, wer von seinen Musikkolleginnen aus der Weinlaube heraustrat.

Erstaunt erkannte er Theresas blonde Haare, die ihr etwas wild um die Schultern hingen.

Der Zopf, den sie untertags getragen hatte, hatte sich offensichtlich gelöst und auch die sorgfältig gebügelte Schürze zeugte eindeutig davon, dass auch Theresa nicht nur still am Platz gesessen war.

Im Freien angekommen schüttelte Theresa ihren Rock und lüftete ihre Haare. Auch sie schien erhitzt mit den leicht geröteten Wangen und dem Glanz auf ihrer Stirn. Wahrscheinlich hatte sie mit ihren Flötenkolleginnen gefeiert und getanzt, dachte sich Florian.

Ihr Anblick ließ wieder etwas Bitterkeit in ihm aufsteigen. Sie hatte ihn den ganzen Tag ignoriert und auch die letzten Jahre nur dann mit ihm geredet, wenn sonst kein Besserer da war. Wenn die anderen Musikanten sie wegen der offensichtlichen Schwärmerei Florians aufzogen, hatte sie immer nur ausweichend gelacht und mit einer abfälligen Handbewegung signalisiert, dass das alles nicht der Rede wert sei und sie das alles doch nicht ernst nehme.

Doch für Florian waren die Gefühle für Theresa immer ernst gemeint gewesen. Was wollte sie nur von diesem Schönling Lukas, diesem einfältigen Sportler, mit dem man kein anständiges Gespräch führen konnte, ohne dass er sich alle paar Sekunden lässig durch die Haare streifte.

Und was wollte Florian selbst eigentlich von Theresa? Wieso fühlte er sich trotz all der hoffnungslosen Annäherungen, der abfälligen Bemerkungen und der oftmaligen Ignoranz ihrerseits immer noch so zu ihr hingezogen? Sie war eine klassische Schönheit mit ihren blonden, langen Haaren, den blauen Augen und den leichten Sommersprossen auf der Nase. Sie war immer perfekt frisiert und geschminkt, trug immer ein blumiges Parfum und perfekt polierte, elegante Ballerinaschuhe, die farblich immer zu ihrer Kleidung passten.

Wahrscheinlich war jeder der Musikanten in ihrem Alter schon einmal in sie verliebt gewesen. Aber sie hatte schon seit Jahren nur Augen für ihren Lukas.

Am meisten störte Florian, dass sie immer so unglaublich nett zu jedem war. Und ihre Nettigkeit wirkte noch nicht einmal aufgesetzt und falsch, sondern immer aufrichtig und interessiert.

Sie wusste von jedem Musikanten genau, wie viele Kinder er hatte, welche Instrumente er noch spielte und wie er sein Bier am liebsten mochte, ob kalt, lauwarm, im Glas oder gespritzt mit etwas Mineralwasser.

Immer wieder hatte Florian sich vorgenommen, sie endlich zu vergessen und sich anderen Mädchen zu öffnen. Bisher war er immer gescheitert und schon bei der kleinsten Aufmerksamkeit, die sie ihm schenkte, ihrem Charme wieder verfallen.

Jetzt, als er sie so vor der Weinlaube stehen sah, mit zerknitterter Tracht und sich erschöpft Frischluft zu wedelnd, hatte er das Gefühl, endlich seine Gefühle hinter sich zu lassen und den Abend zu genießen wie er war: ohne die Bieberbacher mit ihren Provokationen, ohne Theresa und ohne die unrealistischen Träume von ihrer Hand in der seinen.

Gerade als er sich endgültig ins Barzelt zurückmachen wollte, blickte Theresa zu ihm hin und winkte ihm freundlich zu. Außerdem setzte sie sofort in seine Richtung an und ging auf ihn zu. Jetzt musste Florian wohl stehen bleiben und sie freundlich zurück grüßen.

Sein Gruß fiel nicht freundlich genug aus, denn die feinfühlige Theresa erkundigte sich sofort, ob es ihm gut gehe, ob er sich amüsiere, oder ob ihm eine Laus über die Leber gelaufen war. Florian wollte nicht zu viel Zeit damit verbringen, mit der Frau zu reden, die er eigentlich vergessen wollte. Deswegen sagte er nur kurz, er müsse zurück ins Barzelt, weil dort jemand auf ihn wartete, dem er noch etwas Dringendes erzählen musste.

"Wer denn?", fragte sie interessiert.

"So ein Nestelbacher Musikant… etwas wegen dem Kapellmeisterkurs"

"Hast du den gemacht?", bohrte sie weiter.

"Ja… nein… ich möchte ihn gern machen im Herbst", antwortete Florian schnell.

"Ach ehrlich, das ist ja ganz super", lenkte Theresa ein und wollte offenbar mehr wissen.

"Ja, schon", schloss er und nickte ihr mit Nachdruck zu, um das Gespräch zu beenden.

Gerade als er sich umdrehen wollte, um den Rückweg zum Barzelt anzutreten, fragte sie:

"Hast du eine Zigarette?"

"Du rauchst?"

"Ja manchmal… Wenn die Stimmung gerade passt… aber eigentlich sehr selten."

Die Art, wie sie die Zigarette entgegennahm, fasziniert drehte und sichtlich unbeholfen anzündete, ließ darauf schließen, dass es in Theresas Leben bisher äußerst selten zu einer Begegnung mit aktivem Rauchen gekommen war.

Solange sie rauchte, musste ihr Florian wohl oder übel Gesellschaft leisten. Deshalb begann er unwillig ein beiläufiges Gespräch.

"Wie gefällt dir das Fest?"

Theresa überlegte. Wie gefiel es ihr? Sollte sie Florian wirklich von ihrer Begegnung in der Weinlaube erzählen? Von dem engen Tanz und dem anziehenden Duft des Grazer Hornisten? Sollte sie ihn an ihrer inneren Zerrissenheit teilhaben lassen? An ihren

Gedanken über Treue und ihre persönlichen Prinzipien, die sie sich die ganze Zeit über machte?

"Ja, ist ganz nett", antwortete sie.

"Warst du jetzt immer in der Weinlaube?"

"Ja, schon ein Zeitl…", gab sie sich bedeckt.

Wann war es so schwer geworden, sich mit Theresa zu unterhalten? Florian hatte sich doch bisher immer bemüht, seine Gefühle in Zaum zu halten und hatte schon viele lockere Gespräche mit Theresa geführt. Doch seit der Fahrt nach Graz, als er immer nur ihre Schulter zu Gesicht bekam und sie sich nie dazu herabließ, ihn zu beachten, spürte er eine tiefe Wut auf sie. Er wollte sie weder sehen noch hören. Sie war ihm in diesem Moment lästig. Viel lieber hätte er wieder mit den Steirern in der Bar gesungen und sich amüsiert.

"Wo warst du eigentlich die ganze Zeit? Nach dem Umzug warst du auf einmal weg."

Er zuckte nur die Schultern.

"Hast du überhaupt was gegessen? An unserem Tisch warst du ja nicht."

"Ja, hab euch nicht gefunden", gab er zurück.

"Also bist du jetzt die ganze Zeit allein unterwegs gewesen?"

"Ja, schon… aber nicht lange."

Sie legte ein vielsagendes Lächeln auf. "Hast du jemanden kennen gelernt?"

"Ja…". Er wollte schon hinzufügen: "Nur ein paar Nestelbacher Musikanten", doch stockte er mit Absicht und ließ die Antwort offen. Sollte sie doch ruhig glauben, er habe Bekanntschaft mit einem Mädchen geschlossen. Vielleicht besann sie sich ja dann endlich darauf, was ihr mit ihm entging.

"Aha, ich versteh. Dann genießt du das Fest sicher bestens. Ich hab' auch jemanden kennen gelernt…"

Florian zuckte zusammen. War das möglich? Hatte die treue, unantastbare und allzeit in ihren Lukas verliebte Theresa tatsächlich ein Auge auf einen anderen geworfen? Was war das für ein Kerl und warum war es ihm gelungen, innerhalb weniger Stunden ihr Herz zu gewinnen, während er seit Jahren darauf wartete, dass sie ihn beachtete?

Er war sprachlos.

Theresa war offenbar noch nicht am Ende ihrer Erzählungen: "Da drin ist ein Grazer Postmusikant, mit dem ich jetzt eine Weile geredet habe. Er spielt auch Horn", versuchte sie, Florians Interesse zu wecken.

Er lächelte höflich, aber nicht sonderlich überzeugend.

Theresa schien ihm seinen Frust nicht anzusehen und redete weiter.

"Zuerst haben wir nur geredet und dann hat er mich auf einmal gefragt, ob ich tanzen will. Und am Tanzen ist ja auch nichts Verbotenes dran, oder?" Sie sah ihn hoffnungsvoll an.

Er zuckte nur mit den Schultern, was sie als Zustimmung auffasste und sie zum Fortsetzen ihrer Schilderungen anstieß.

"Ich hab' ein bisschen mit ihm getanzt und dann ist er immer näher gekommen. Ich hab' dann schon gemerkt, dass er vielleicht mehr will…"

Warum musste sie ihm das erzählen? Warum musste sie überhaupt mit ihm reden?

"Wir haben uns nicht geküsst, ich schwör", schloss sie ihre Schilderung. "Aber es war knapp…".

"Na dann…", kommentierte Florian unbeeindruckt.

"Was soll ich denn jetzt tun? Wenn ich da wieder rein gehe, meint der Grazer sicher, wir können da weiter machen, wo wir gerade aufgehört haben!"

"Na dann geh' hald nicht mehr rein!" Langsam wurde er dem Gespräch wirklich überdrüssig. "Es tut mir echt leid, aber ich muss jetzt wieder ins Barzelt", entschuldigte sich Florian.

"Warte noch kurz", stoppte ihn Theresa. "Ich muss dich noch was fragen."

Ihre erröteten Wangen und die Art, wie sie ihre Worte mit Nachdruck bestärkte, verrieten Florian, dass Theresa mehr als nur ein Glas Wein intus hatte. Aber was kümmerte es ihn. Er hatte seine nicht vorhandenen Chancen endlich eingesehen und wollte seine Zeit nicht länger als gutmütiger Waschlappen neben *ihr* verbringen.

"Findest du, dass der Lukas und ich zusammenpassen?"

Ungläubig ob dieser überraschenden Frage hob Florian die Augenbrauen und schüttelte den Kopf.

"Was? Nicht?", folgerte Theresa vorschnell.

"Nein, ich meine, das war kein Nein. Ich kann das doch nicht beurteilen", verteidigte sich Florian. "Ich kenn' ihn kaum und außerdem kenn' ich ja dich auch nur aus der Musikkapelle. Wie's bei euch zu Hause läuft, seh' ich ja nicht!"

"Ja schon", antwortete Theresa. "Aber du weißt ein bisschen was über ihn und du hast uns schon öfter gesehen und deswegen hast du vielleicht eine Meinung dazu!"

"Wie gesagt, ich kann das nicht beurteilen. Warum fragst du mich das überhaupt? Hat dich der Grazer verunsichert?", versuchte Florian, eine humorvolle Wendung einzuschlagen.

Theresa ging nicht darauf ein. Sie senkte den Kopf und malte mit den Schuhen sinnlose Linien in den Kies.

"Ich weiß auch nicht, warum ich dich das jetzt frage. Aber man macht sich eben seine Gedanken."

"Ob ihr zusammenpasst musst ganz allein du wissen. Ich will mich da gar nicht einmischen", schloss Florian die Fragerunde.

"Ja, du hast recht. Es tut mir leid, dass ich gefragt habe. Aber wenn man mal allein verreist und etwas Abstand zum Daheim bekommt, sieht man die Dinge oft aus einem anderen Winkel und stellt sich komische Fragen", sagte Theresa, mehr zu sich selbst.

"Kann sein." Florian drehte sich um und ging. Aus ein paar Metern Entfernung rief er ihr noch "Viel Spass" zu.

Er war erstaunt über seine Konsequenz. Normalerweise wäre er niemals so unhöflich davongelaufen, sondern hätte sich Zeit genommen, um Theresa zuzuhören und ihr ein paar aufmunternde Worte mitzugeben. Doch heute blieb er hart.

Was bildete sie sich überhaupt ein? Jeder wusste doch, dass er jahrelang in sie verliebt war. Das musste sie doch auch irgendwann erfahren haben. Die Gespräche gerade eben über den Grazer und im Anschluss sogar über ihren Freund grenzten deshalb nahezu an eine Frechheit, die er ihr nicht so schnell verzeihen wollte.

Was hätte sie denn hören wollen? "Nimm den Grazer, hab Spass mit ihm und werde dir dadurch im Klaren, ob du deinen Lukas noch liebst." Warum mussten die Frauen immer erst einen anderen Mann treffen, um zu erkennen, ob der ihre passend war.

Lukas tat ihm leid. Wenn der wüsste, wie seine Freundin über ihn dachte. Wenn der wüsste, dass sie einen gewöhnlichen Musikkollegen dazu befragte, ob sie zusammenpassten.

Warum hatte sie eigentlich ihn gefragt? Warum nicht ihre Flötenkolleginnen? Was wusste er schon? Er hatte doch noch nie eine ernsthafte Beziehung gehabt und nach all dem, was er schon von seinen Mitmenschen erlebt hatte, war er auch froh darüber. Die Aktion heute hatte seiner Meinung über Beziehungen noch die Krone aufgesetzt.

Um seine Laune wieder anzuheben, blieb ihm nur der Gang zurück ins Barzelt, wo ihn die Steirer johlend wieder in ihre Gruppe aufnahmen.

13

Die Nacht war angebrochen. Die Stadt lag in einem Lichtermeer, ausgestreckt auf sanften Hügeln. Es war ruhig. Nur aus den Zelten am Festgelände dröhnte noch immer laute Musik und angeheitertes Stimmengewirr.

Immer wieder sah man aus den Zelten torkelnde Besucher in verschiedenen Trachten herausschlüpfen. Dort, wo mehrere Uniformierte zusammenkamen, wurde heftig diskutiert und gestikuliert, sofern es der körperliche Zustand noch zuließ.

Auf den wenigen Bänken außerhalb des Zeltes saßen ein paar einsame Gestalten, die mit Mühe ihren Kopf aufrecht zu halten versuchten, aber immer wieder gegen die Müdigkeit verloren und schlaftrunken einnickten.

Die wenigen großen Bäume etwas abseits des Zeltplatzes baten herumschleichenden Pärchen den gesuchten Zufluchtsort. Hier sah man nur die Schatten eng umschlungener Körper am Boden tanzen und hörte ab und an ein verliebtes Kichern.

Das große Festzelt hatte sich mittlerweile stark geleert. Die Kellnerinnen räumten die leeren Tische ab und nahmen die letzten Bestellungsrunden auf. Die Stimmungsband hatte die Bühne längst geräumt und wickelte die letzten Kabel zusammen.

In der Weinlaube und dem Barzelt hingegen kochte die Stimmung beinahe über. Die deutlich kleineren Zelte waren übervoll. Ein heißer, dampfiger Nebel lag über den Besuchern. Es war kaum möglich, sich durch die Masse zu drängen und sich von einem Punkt zum anderen zu bewegen.

Die Gesichter der Leute waren verschwitzt und errötet. Man sah ihnen die ausgelassene Feierwut deutlich an. Nicht wenige sahen aus, als sollten sie besser sobald als möglich den Heimweg antreten.

Der Obmann der Musikkapelle Bieberbach hatte die schier unmögliche Aufgabe, die übervollen Partyzelte zu durchkämmen. Es war 23:45 Uhr. In einer Viertelstunde sollte der Bus die Bieberbacher Musikanten zurück zur Unterkunft bringen. Morgen war ja auch noch ein Tag, an dem die Musikanten, möglichst in aller Frische, ein Konzert geben sollten.

Der Großteil der Musiker hatte sich bereits vorbildlich um den Bus versammelt. Doch wie immer gab es ein paar Einzelne, die sich nur mit Müh' und Not losreißen konnten und die Kameraden am liebsten endlos im Bus warten lassen wollten.

Da und dort sah der Obmann zwischen den Grünen Jacken eine blaue hervorblitzen. Diese steuerte er zielgerichtet an und tippte demjenigen auf die Schulter, bis dieser Notiz vom Obmann nahm. Mit einer deutlichen Geste auf seine Armbanduhr verdeutlichte der Obmann, dass es Zeit zur Heimreise war. Als Antwort bekam er entweder ein folgsames Nicken oder eine Geste auf ein halbvolles Glas, was so viel bedeutete wie "ich trink noch schnell aus."

Zweitere Reaktion war am heutigen Abend höchst beliebt. Irgendwie schienen die meisten noch ein halbvolles Glas in der Hand zu halten und wollten dieses unter allen Umständen leeren.

Der Obmann setzte seine Runde außerhalb der Zelte fort. Unter den vor sich hin nickenden Halbschläfern auf den Bänken fand er keinen Bieberbacher. Auch bei den Bäumen lugte kein blaues Stück Stoff hervor.

Er ging zurück zum Bus und zählte die versammelten Musikanten ab. Es fehlten acht. Von den Anwesenden ließ er sich die Namen aufzählen. Unter den Vermissten waren die Flötistinnen Biggi und Theresa, Florian, die drei jungen Schlagzeuger, der Aushilfstrompeter Johannes und sein Onkel Bernhard.

"Weiß jemand, wo die Genannten sich herumtreiben?" fragte der Obmann in die Runde. Ein paar schüttelten nur müde den Kopf und gingen in den Bus, um sich ein gemütliches Plätzchen für ein kleines Schläfchen zu suchen.

Die Schlagzeuger hätten gesagt, sie wollen noch in die Stadt fahren, erfragte der Obmann von den Marketenderinnen. Biggi wurde zuletzt in der Weinlaube gesehen, in Gesellschaft zweier älterer Musikanten. Theresa war anscheinend schon länger nicht mehr gesichtet worden und der Johannes war untertags noch mit den Schlagzeugern zusammen gewesen.

"Und wo sind Bernhard und Florian?" fragte der Obmann.

In Zeiten wie diesen war es eigentlich ein Leichtes, Gesuchte aufzuspüren, trug doch jeder ein Mobiltelefon mit sich herum. Doch die Technik versagte ermüdend oft aufgrund des menschlichen Verfehlens, das Gerät ausreichend aufzuladen oder es in Hör- und Griffweite aufzubewahren.

Drei Anrufe bei Bernhard waren ohne Freizeichen in der Sprachbox gelandet. Hier konnte der Obmann entweder auf einen leeren Akkustand, dem versehentlichen Ausschalten oder auf einen Ort ohne mobilen Empfang schließen.

Die zwei Anrufe bei Florian hatten zwar in eine offene Leitung gemündet, doch nach mehr als zehn Rufzeichen hatte der Obmann aufgegeben. Deshalb schloss er auf eine übermäßig laute Umgebung, sodass der gewünschte Anrufpartner das Klingeln seines Telefons nicht hören konnte. Angesichts der noch immer gut gefüllten Bar- und Weinzelte folgerte der Obmann, dass Florian in einem der Zelte sein musste.

"Da kommt Theresa!" rief eine Marketenderin. Erleichtert hakte der Obmann ihren Namen von seiner Vermisstenliste.

Theresa schien etwas wackelig auf den Beinen und wurde von einem hübschen Grazer Postmusikanten begleitet. Ein paar Meter vor dem Bus drehte sie sich zu ihm hin und verabschiedete sich mit drei züchtigen Wangenküsschen von ihrem Begleiter. Anschließend wurden noch ein paar Worte gewechselt und eifrig genickt. Nach einem kameradschaftlichen Schulterklopfen verließ Theresa den Grazer und stieg in den Bus.

Sie wurde von den Musikkameraden mit einem lauten Johlen in Empfang genommen. Die Musikanten im Bus konnten sich ihre belustigten Kommentare zu ihrem Auftritt an der Seite des jungen Grazers kaum verkneifen. Statt einer Antwort auf die Fragen, wer denn der junge Mann sei und ob sie einen schönen Abend mit ihm verbracht habe, erhielten sie nur ein verhaltenes Lächeln, das nichts von all dem verriet.

Der Obmann wurde langsam ungeduldig. Der Bus hätte bereits vor zwanzig Minuten abfahren müssen. Er drückte nervös auf seinem Mobiltelefon herum, in der Hoffnung, einer der Vermissten würde sich melden. Nach einem Blick auf die müden Gesichter der Musikanten, die schon im Bus saßen, die Köpfe an den Fensterscheiben abgestützt, in unbequemen Verrenkungen und erschöpft vom heutigen Tag, der langen Anreise und den Feierlichkeiten, entschied er sich, die Fehlenden sich selbst zu überlassen und den Busfahrer die Fahrt zur Unterkunft antreten zu lassen. Immerhin handelte es sich großteils um Erwachsene, die selbst wissen mussten, wie spät es war und wann sie sich am vereinbarten Treffpunkt einzufinden hatten. Außerdem waren es bis zur Unterkunft maximal zwanzig Minuten Autofahrt, eine Strecke, die sich ebenso leicht mit einem Taxi bewältigen ließ.

Theresa fand einen Platz neben einem schlafenden Posaunisten. Hier hatte sie wenigstens ihre Ruhe und keinen, der sie unaufhörlich löcherte. Während der Busfahrt hing sie ungestört ihren Gedanken nach und ging die letzten Stunden des vergangenen Abends noch einmal durch.

Alles in allem hatte sie sich prächtig amüsiert. Schon lange hatte sie sich nicht mehr so unbeschwert, frei und attraktiv gefühlt. An der Zuneigung des Grazer Hornisten gab es keinen Zweifel. Und auch von anderen Männern in der Weinlaube hatte sie sich beobachtet und bewundert gefühlt.

Der Tanz mit den Hornisten hatte sie beflügelt. Der Duft des jungen Mannes, seine bestimmten Drehungen und die Art, wie er ihr tief in die Augen gesehen hatte, hatten sie aufgewühlt und für ein paar kurze Momente hatte sie beinahe ihren Lukas vergessen.

Doch zu ihrem Erstaunen hatte sich das Vergessen ihres langjährigen Freundes viel leichter angefühlt, als gedacht. Immer hatte sie an eine unsterbliche Liebe zu ihm geglaubt. Sie dachte, er sei der perfekte Partner für sie, ein Mann zum Altwerden.

Doch in den Armen eines anderen Mannes, umhüllt von einem fremden Duft und durch die ungewohnten Tanzbewegungen, die ihr ein neues Körpergefühl verschafften, sah sie ihr Leben mit Lukas aus einer ganz anderen Perspektive.

Lukas tanzte nicht. Er hatte weder ein Taktgefühl, noch war er kräftig genug, sie von einer Seite auf die andere zu wirbeln und sie danach sicher und kräftig aufzufangen. Er hatte auch noch nie anerkennend an ihrem Parfum gerochen oder ihr die losen Haarsträhnen zärtlich hinters Ohr geschoben. Lukas war kein Romantiker und er war es auch noch nie gewesen.

Wer braucht schon einen Romantiker, hatte sie sich oft eingeredet. Aber was unterscheidet die Liebe von der Romantik? Kann das eine ohne das andere überhaupt bestehen?

Ein Essen im Kerzenschein, ein eng umschlungener Tanz oder ein verliebter Brief sind alles Dinge, die vielleicht nicht jedermanns Stil sind, doch genau diese Dinge zeugen davon, dass sich der eine über den anderen Gedanken macht und nach einem Weg sucht, seine Gefühle zu zeigen. Romantik ist eine Sprache, die jeder, der liebt, sprechen kann. Jemand, der von sich sagt, er sei nicht romantisch, ist somit schlicht und einfach nicht verliebt, so lautete ihr Gedankenschluss.

Theresas Gedanken führten ihr die traurige Wahrheit vor Augen, dass die Liebe zu Lukas viel zu sehr durch ihre starken Gefühle zu ihm geprägt war. Wann hatte sie jemals das Gefühl gehabt, er sei unsterblich verliebt und überglücklich, sie an seiner Seite zu wissen?

Ihre Beziehung war angenehm alltäglich. Jeder konnte nach Belieben seinen Interessen nachgehen, seine Freunde treffen und zwischendurch, wenn man sich einsam fühlte, traf man sich abends, sah einen Film an und legte sich gemeinsam schlafen. Es gab kaum Aneckpunkte, da ihre Gegensätze ohnehin kaum aneinanderprallten. Die getrennten Freizeitaktivitäten waren ganz normal. Schließlich muss man ja als Paar nicht immer zusammenkleben. Aber wo waren überhaupt die Gemeinsamkeiten? Waren es die gemeinsamen Freunde, die gemeinsamen Jahre, die optisch gute Kombination der beiden attraktiven jungen Leute?

Theresa war traurig. Warum redete sie sich ein, dass sie glücklich war? Solche Gedanken sprachen doch für sich!

In ihrer Tasche vibrierte plötzlich ihr Mobiltelefon. Es war eine Nachricht von einer unbekannten Nummer:

"Der Abend mit dir war wunderschön. Du bist unbeschreiblich. Simon"

Es war der Grazer Hornist, dem sie nach langem Betteln und Bitten doch noch ihre Nummer gegeben hatte. Ein Lächeln huschte ihr über die Lippen und sie wurde mit jeder Sekunde noch unglücklicher. Vielleicht lag es auch am Wein, der am Abend nicht zu kurz gekommen war. Es war ihr schon öfter passiert, dass sie unter Alkoholeinfluss dazu neigte, die Dinge zu dramatisieren und sich in Selbstmitleid suhlte.

Doch heute war sie zwar nicht mehr nüchtern, aber sie sah alles ganz klar, vielleicht sogar noch klarer, als sonst. Sie ärgerte sich über sich selbst, dass sie sich etwas vormachte, dass sie in jeder Hinsicht entsprechen wollte, dass sie einen traditionellen, geradlinigen Weg verfolgte, ohne zu träumen, oder zu hinterfragen. Ein Weg, an dem das Vorhandene so hingenommen wurde, wie es eben war.

Der Obmann ging durch den Bus und redete mit den wenigen Musikanten, die noch nicht eingeschlafen waren. Nun trat er an Theresa heran und riss sie aus ihren Gedanken.

"Hast du den Florian heute Abend einmal getroffen?"

Theresa schüttelte schnell ihr Trübsal ab und legte das gewohnte Lächeln auf.

"Ja schon, warum?"

"Er ist nicht im Bus. Ich konnte ihn nicht erreichen und hab ihn auch im Zelt nicht gesehen", erklärte der Obmann.

"Ja, ich hab' vorhin mit ihm geredet. Das war vor den Zelten im Freien. Das ist aber sicher schon eine Stunde her," sagte Theresa.

"Na gut, also ist er immerhin noch am Leben. Warum können die jungen Leute nie ans Telefon gehen. Wofür schleppt man diese Dinger denn überhaupt mit sich herum", schloss er kopfschüttelnd und ging weiter.

Theresa erinnerte sich an ihr Gespräch mit Florian zurück. Als sie ihn gefragt hatte, was er von ihr und Lukas als Paar halte, hatte er nur die Schultern gezuckt. Sah Florian ihre Beziehung vielleicht mit viel klareren Augen, als sie es tat?

Aber Florian kannte sie doch überhaupt nicht gut! Sie waren zwar schon seit Jahren gemeinsam bei der Musikkapelle, aber so richtig befreundet waren die beiden nie gewesen.

Manche munkelten ja, dass er in sie verliebt war. Aber dieses Gerücht hatte Theresa nie wirklich glauben wollen. Leichte Zweifel hatte sie trotzdem, ob die Gerüchte vielleicht stimmten und er sich deshalb nicht zu ihrer Beziehung äußern wollte.

Florian war an dem Abend sehr schlecht gelaunt gewesen. Schon nach der Ankunft in der Pension war er, genervt von seinem Zimmerkollegen, allein im Innenhof herumgesessen und hatte eine Zigarette nach der anderen geraucht. Nach dem Festumzug wurde er von keinem Bieberbacher mehr gesehen. Erst später vor dem Barzelt war er plötzlich aufgetaucht und wirkte zwar deutlich besser gelaunt, aber trotzdem nicht besonders gesprächig.

Aber was kümmerte es sie? Sie hatte ihre eigenen Probleme und welche auch immer die seinen waren, kannte er bestimmt Wege und Mittel, sich selbst darum zu kümmern.

Nach den letzten Anrufversuchen des Obmanns setzte sich der Bus mit einer vierzigminütigen Verspätung endlich in Bewegung. Die üblichen Älteren, die sich im vorderen Bereich des Busses angesiedelt hatten, lehnten erschöpft an den Sitzlehnen und versuchten, zu schlafen.

Im hinteren Bereich des Busses wirkte der Abend in vollem Ausmaß nach. Man konnte beinahe glauben, das Fest hatte sich in den Bus verlagert, wo die angeheiterten, verschwitzten und singlustigen Musikanten euphorisch ihre Getränkevorräte aufteilten und die vollen Krüge, die den Weg aus dem Festzelt mit in den Bus geschafft hatten, aneinander schlugen um sich zuzuprosten. Manch altes Trinklied wurde angestimmt und untermalte das muntere Zuprosten.

Wie üblich waren es die hintersten Reihen im Bus, die besonders hervorstießen. Die Gruppe war eine lockere Mischung aller Altersgruppen, die sich bestens verstand, hatten sie doch alle dasselbe im Sinn. Nur die drei Schlagzeuger fehlten offensichtlich, die sonst immer bei der besonders nachtaktiven Gruppierung dabei waren. Das Fehlen der drei wurde bald zum Thema und ein Posaunist versuchte, nach den gescheiterten Versuchen des Obmanns, die drei zu erreichen. Nach mehreren Wählversuchen dröhnte endlich ein rauschender Lärm aus dem Telefon. Der Posaunist schrie förmlich ins Telefon, um bei seinem Gesprächspartner auf Verständnis zu stoßen.

"Wo seid ihr?!?" Wir sind im Bus!!".... "Aha".......
"Waaaaaas?"......"im Bu-uuuus"!!

Das Gespräch war anstrengend laut, sodass sich schon einige anfingen zu beklagen.

Endlich legte der Posaunist auf und schilderte den anderen die Informationsbrocken, die er aufschnappen konnte.

"Sie sind in einer Bar in der Nähe vom Festgelände, irgendwo in der Nähe von einer OMV Tankstelle und da sind anscheinend ein paar fesche Grazerinnen.... wir sollen auch kommen!"

Ein motiviertes Raunen ging durch die hinteren Bänke und einige schrien zum Busfahrer vor: "Stopp! Aussteigen!"

Der Obmann war schon sichtlich genervt von dem haltlosen Lärm aus dem hinteren Busteil und machte sich daran, ihnen die Flausen aus dem Kopf zu treiben.

"Niemand steigt jetzt aus. Wir sind in fünf Minuten bei der Pension. Wer dann noch ausgehen will, der soll sich ein Taxi rufen."

Die belehrende Strenge nahmen die Jungspunde der Kapelle nur zum Anlass, um den Obmann aus der Reserve zu locken. Sie applaudierten und pfiffen ihm zu.

"Bravo!"

"Hört, hört!"

Und schon erklang das altbekannte Lied:

"Obmann wir danken dir, für diese Runde hier. Obma-ann wi-ir da-aaaanken dir, für die Ru-unde hier."

Sichtlich erleichtert stiegen die übermüdeten Musikanten aus den vorderen Reihen aus dem Bus, als sie den Gästeparkplatz erreicht hatten. Nicht schnell genug konnten sie die aufgedrehten Musikkollegen hinter sich lassen und sich auf den Weg in ihre Zimmer machen.

Einzelne Musikanten beschlossen, sich noch in den Gemeinschaftsraum der Pension zu setzen, um noch in Ruhe ein letztes Getränk mit den Kollegen einzunehmen. Die gewünschte Ruhe fanden sie jedoch keine einzige Minute lang.

Mit dem Entschluss der feierwütigen Musikanten, nun doch nicht mehr zu den Schlagzeugern in die Bar zu fahren, sondern auch in der Pension zu bleiben, konnten sich die anderen Musikkollegen ihr ruhiges Gläschen sofort wieder abschminken. Im Gemeinschaftsraum ging es mindestens genauso laut und stimmungsgeladen weiter, wie im Bus.

Der Pensionsbetreiber hatte den Musikanten in weiser Voraussicht ein paar Kisten Bier und einige Flaschen Wein in den Gemeinschaftsraum gestellt. Daneben stand eine Kassa, in der sie die Rechnungen zu begleichen hatten.

Dieser Vertrauensvorschuss seitens des Wirts beruhte auf seiner langen und freundschaftlichen Beziehung zum Obmann der Bieberbacher, den er schon vor Jahren bei einem Volksfest in der Steiermark kennen gelernt hatte. Zum damaligen Zeitpunkt hatte der Wirt dem Bieberbacher Obmann seine Pension für die Musikkapelle angeboten und sich sehr darüber gefreut, als der Obmann vor ein paar Monaten schlussendlich wirklich reserviert hatte.

"Wer soll denn das alles trinken?" fragte Theresa, mehr formell als ehrlich gemeint. Auch sie hatte sich überreden lassen, noch ein Gläschen mit den anderen zu trinken, obwohl sie schon sehr müde war und die vielen Gedanken ihre gute Laune gedämpft hatten.

Als sie den Raum betrat und die vielen Kisten sah, wurde ihr sofort bewusst, dass für einige Musikanten die Nacht noch lange nicht zu Ende war.

Sie setzte sich zum feierwütigsten Tisch, weil sonst kein Platz mehr frei war und ließ sich doch noch einmal von der guten Laune der anderen anstecken. Vielleicht war es ja genau das, was sie zum Abschluss dieses verwirrenden Tages noch brauchte.

14

Bernhard hatte noch kein Auge zugetan. Nach der erfolglosen Suche nach seinem Neffen Johannes, der seit dem Umzug durch die Grazer Innenstadt vermisst war, war er in die Pension gefahren, um einen klaren Kopf zu bekommen und wenigstens da zu sein, sollte Johannes zurückkehren. Unzählige Male war er im Zimmer auf und ab marschiert, hatte versucht, ihn anzurufen und schließlich versucht, zu schlafen. Aber an Schlaf war nicht zu denken. Also war er vor etwa einer halben Stunde wieder aufgestanden und hatte wieder begonnen, im Zimmer hin und her zu laufen.

Die Ankunft seiner Musikkollegen war nicht zu überhören. Gerade, als er sich aus dem Fenster seines Zimmers lehnte, traf der Bus ein. Kaum hatten sich die Türen geöffnet, drang ein wirrer und aufgeheiterter Lärm zu ihm hinauf. Er freute sich darüber, dass seine Einsamkeit somit beendet war. Schon wollte er sich zu ihnen aufmachen, als er kurz darauf innehielt.

„Sie werden sicher viele Fragen stellen. Sicher machen sie mich dafür verantwortlich, dass Johannes verschwunden ist. Was ist, wenn sie meine Frau anrufen? Oder noch schlimmer, was ist, wenn sie meine Schwester, die Mutter von Johannes anrufen und sie informieren, was passiert ist?", sinnierte er.

Mit der Türklinke in der Hand stand er auf der Stelle und wusste nicht weiter. So oder so, niemand konnte etwas an der Situation ändern. Wenn er doch einfach anrufen würde, dachte er sich.

Plötzlich klopfte jemand an die Tür und Bernhard schreckte sofort ein paar Schritte zurück. Ein Schlüssel wurde im Schloss umgedreht und in der Tür stand Bernhards Zimmerkollege, sichtlich überrascht ihn dort anzutreffen.

Elmar, mit dem er sich das Zimmer teilte, war nämlich nicht allein! An seinem Arm hing eine der blonden Grazerinnen, mit denen sich auch Bernhard vor dem Festumzug bestens unterhalten hatte.

Ein Moment unerträglichen Schweigens entstand. Weder Elmar, noch Bernhard wussten, was sie sagen oder denken sollten. Am entspanntesten wirkte die offensichtlich angetrunkene Grazerin, die mit ihrem rot lackierten Nagel an Bernhards Brust tippte:

"Hey, dich kenn ich doch! Wo warst du nach dem Festumzug?"

Elmar sprang erleichtert auf die Frage auf, um von sich abzulenken.

"Ja, wo warst du? Wir haben dich alle gesucht!"

"Ganz bestimmt", antwortete Bernhard mit sarkastischem Unterton und einem vielsagenden Blick auf die Grazerin.

"Du hast wohl gedacht, ich komme heute gar nicht mehr, oder?"

"Doch schon", stammelte Elmar. "Aber ich dachte, du bist vielleicht noch irgendwo in Graz oder bei den anderen oder bei deinem Neffen!"

"Wo ist Johannes?", unterbrach ihn Bernhard sofort.

"Keine Ahnung, hab ihn nicht gesehen den ganzen Abend. Im Bus war er nicht."

"Hallo!", machte sich die Grazerin bemerkbar. "Was ist jetzt? Mir ist heiß. Gehen wir jetzt ins Zimmer, damit ich mir die Jacke ausziehen kann?"

"Natürlich gehn' wir", erwiderte Elmar und führte sie in den kleinen Raum mit den zwei Einzelbetten. "Ich hoffe, das geht für dich in Ordnung", richtete er an Bernhard mit einem entschuldigenden Blick.

"Natürlich. Ich wollte sowieso gerade zu den anderen gehen", sagte er wenig erfreut und schloss die Tür hinter sich.

"Ich klopfe, wenn ich wieder zurückkomme", schrie er noch durch die Tür ins Zimmer. Doch das sofortige Gepolter im Innenraum ließ darauf schließen, dass seine Worte wohl nicht mehr gehört wurden.

Da stand er nun auf dem Gang und hatte keine andere Möglichkeit, als zu den anderen in den Gemeinschaftsraum zu gehen. Unterwegs legte er sich ein paar Antworten auf neugierige Fragen bereit und schüttelte die Gedanken an das, was wohl in seinem Zimmer gerade vor sich ging, schnell ab.

Die Stimmung im Gemeinschaftsraum kochte. Die vier Tische waren alle voll besetzt und die vielen Bierkisten in der Ecke des kleinen Raumes schon mindestens zur Hälfte ausgetrunken. Am Boden rollten ein paar leere Weinflaschen herum.

Als die ersten auf Bernhard aufmerksam wurden, ging ein euphorisches Johlen durch die Menge.

"Heeeeeeeey! Berni! Setz dich zu uns!"

Bernhard nahm gleich den ersten Stuhl, der ihm angeboten wurde. Von drei Seiten drückte ihm jemand ein Getränk in die Hand und die Hornistin an seiner Seite hakte gleich bei ihm unter und animierte ihn, bei dem mehr geschrienen als gesungenen Lied, das angestimmt wurde, mit zu schunkeln.

Bernhard musterte die Gesichter der anderen und machte sich auf erste Fragen gefasst. Doch niemand schien sich zu wundern, wo er die letzten Stunden gewesen war und was er plötzlich unter ihnen machte. Alle waren in einem rauschigen Freudentaumel und gaben sich der exzessiven Stimmung bereitwillig hin. Die Vernunft hatten die Musikanten offenbar alle draußen vor der Unterkunft gelassen.

Bernhard war erleichtert. Trotzdem kursierte in ihm noch ein unruhiges Gefühl. Wo war sein Neffe?

Auch Theresa fühlte sich nicht ganz wohl in ihrer Haut. Gerade hatte ihr Handy wieder vibriert. Sie ahnte schon eine zweite Nachricht von ihrem Grazer Hornisten, mit dem sie heute ausgelassen geflirtet hatte. Schon beim Öffnen ihrer Tasche war sie nervös. Als sie die Nachricht öffnete war sie völlig überrascht:

Nachricht von Florian: Thrreza. Wob bist ddux? 03:24 Uhr

Sie wunderte sich sehr darüber, dass Florian ihr geschrieben hatte. Er war doch den ganzen Abend so abweisend gewesen und außerdem konnte sie sich nicht erinnern, dass sie ihm jemals ihre Nummer gegeben hatte. Die vielen Tippfehler ließen darauf schließen, dass auch er sich in dieser Nacht reichlich die Kehle geölt hatte. Schnell tippte sie eine Antwort ein. Vielleicht wusste er ja die Adresse der Unterkunft nicht mehr.

Wenige Minuten später kam eine noch verwirrendere Antwort:

Nachricht von Florian: Binn im Gartrn vor derpension. Bei derbbank. Komm2! 03:32 Uhr

Theresa schüttelte den Kopf. Die Nachricht zu entziffern war noch möglich. Aber den Sinn der Aktion konnte sie wirklich nicht erahnen. Trotzdem packte sie die Neugier, was Florian ihr sagen wollte und sie entschuldigte sich kurz aus dem Gemeinschaftsraum mit den Worten, sie müsse mal kurz für Damen.

Draußen war es angenehm warm. Die Sterne bildeten ein romantisches Lichtermeer über dem Grazer Becken und tauchten den Garten vor der Pension in einen mystischen Zauber. Sie musste fast um das ganze Gebäude herum gehen, bis sie endlich die Bank fand, auf der der schlaksige, groß gewachsene Musikant mit wirrem Haar saß. Er sah sie ruhig an und verzog keine Miene als sie auf ihn zutrat. Langsam wurde ihr mulmig. Sie verlangsamte ihren Schritt und beobachtete ihn genau. Ging es ihm gut? War ihm schlecht? Wollte er sie gleich überfallen? Seine Augen waren so leer, dass sie es fast mit der Angst zu tun bekam.

"Hallo!" sagte sie mit ungewollt zittriger Stimme, als sie vor ihm stehen blieb.

Florian erwachte aus seiner Starre und lächelte sie an. Trotzdem wirkte sein Blick ungewohnt leer.

"Setz dich ruhig hin!"

"Du hast viel getrunken, hm?", fragte Theresa, während sie neben ihm Platz nahm und ihr ein intensiver Geruch nach Zigaretten und Bier entgegenwehte.

"Bisschen", sagte er und grinste sie spitzbübisch an.

Nun begann auch er nervös mit den Fingern zu spielen und wusste nicht so recht, ob er auf seine Füße oder in ihr Gesicht schauen sollte.

"Wo warst du? Wir haben dich gesucht", brach Theresa das Schweigen.

"Im Barzelt. Bei den Grazern. Hab' nicht auf die Uhr geschaut."

"Verstehe.... aber du weißt dir ja zu helfen," schloss Theresa.

Sie wagte es nicht zu fragen, warum er sie zu sich gebeten hatte. Gleichzeitig wurde ihre Neugierde immer größer. Erst jetzt bemerkte sie die Plastiktasche, in der er zu wühlen begann. Endlich hatte er das Gesuchte gefunden und hielt ihr eine kleine Plastikflasche Weißwein gespritzt hin.

Dankend, wenn auch kurz zögernd nahm sie die Flasche entgegen. Das Gespräch wird also noch länger dauern, dachte sie sich. Aber was soll's. Schlafen könnte sie wahrscheinlich eh nicht mit den unruhigen Gedanken im Kopf. Also öffnete sie die Flasche, prostete ihm zu und nahm ein paar kleine Schlucke, während sie stumm in den sternenbesetzten Horizont blickte.

Florian konnte sich nicht recht durchringen, ein lockeres Gespräch zu beginnen. Immer wieder setzte er an, etwas zu sagen, ließ es aber doch wieder bleiben und nahm stattdessen einen Schluck Wein.

Theresa saß völlig entspannt neben ihm und sah stumm in die Sterne. In dem Licht sah sie aus wie eine

Fee. Ihr Haar schimmerte fast blau und ihr Gesicht strahlend weiß. Zu spät merkte Florian, dass er sie anstarrte, als Theresa sich zu ihm drehte und mit einem Lächeln fragte:

"Alles in Ordnung mit dir? Ist dir schlecht?"

"Nein!", antwortete er schnell und lenkte ab. "Was geht drinnen?"

"Ein paar Musikanten sitzen im Gemeinschaftsraum. Dort gibt's auch noch was zu Trinken, wenn du noch nicht genug hast.... ist ganz nett dort."

"Aha." Mehr als Stille kam sonst nicht von seiner Seite.

Theresa wurde langsam ungeduldig und wippte mit dem Bein auf und ab.

Erschrocken zuckte sie zusammen, als plötzlich Florians Hand auf ihrem Oberschenkel lag während er weiterhin unbeeindruckt in die Ferne sah.

Schnell zog sie ihr Bein unter seiner Hand weg und blickte ihn ungläubig an.

"Ähm... was soll das? Irgendwie ist das alles gerade sehr schräg."

"Entschuldigung", sagte er verunsichert.

"Worüber wolltest du denn jetzt reden?"

"Keine Ahnung. Ich wollte eben nicht allein sein", stammelte er irgendeine Antwort.

"Aha. Ist das alles?" Ungläubig sah sie ihn an.

"Ja... schon.... nein."

"Was jetzt? Ich kann auch wieder gehn', wenn du mir nichts zu sagen hast."

"Ich war hier auf der Bank und hab' die schöne Aussicht gesehen und die Sterne und das alles und das wollte ich dir zeigen."

"Ach so", antwortete sie leicht enttäuscht. "Ja, ist wirklich schön, Danke."

Wieder breitete sich ein anstrengendes Schweigen aus.

Nach ein paar Schlucken Wein und einem nervösen Kratzen am Kopf fasste sich Florian erneut ein Herz.

"Hattest du was mit dem Grazer?"

"Hä? Wie kommst du jetzt auf den?"

"Du hast mir heute, als wir uns getroffen haben erzählt, dass du so unsicher bist, was du tun sollst."

Verwirrt antwortete Theresa.

"Hab' ich? Ähm.... das weiß ich nicht mehr. Also dass ich mit dir darüber geredet hab', weiß ich nicht mehr. Weißt eh, der Alkohol..."

"So lang ist das aber noch nicht her...", antwortete er wieder mit einem schelmischen Grinsen. "Also was war jetzt?"

"Nichts! Wir haben nur getanzt!"

"Also warst deinem Lukas brav treu", provozierte er sie weiter.

"Ja! Sicher! Was sonst?", verteidigte sie sich.

"Aber du hättest schon gern ein bisschen mit ihm rumgemacht, oder?"

"Was soll denn das? Das geht dich gar nichts an!", gab sie verärgert zurück.

Genervt verschränkte sie die Arme und stellte die Weinflasche weg.

"Schade, dass du's nicht getan hast", sagte Florian nach einer Pause.

"Warum denn das?", nun war sie wirklich gespannt auf seine Antwort.

"Naja.... vielleicht hätte der dich ja endlich mal auf andere Gedanken gebracht..."

"Wie meinst du das jetzt wieder?"

Florian bereute sofort, dass er dieses Gesprächsthema eingeleitet hatte. Trotzdem verspürte er den

Drang, sie vor ein paar Tatsachen zu stellen, damit auch sie einmal aus ihrem Dornröschenschlaf erwachen würde, in dem alles märchenhaft und perfekt ist.

"Naja... vielleicht hast du dann einmal ein bisschen nachgedacht, ob wirklich alles so super ist mit deinem Lukas."

Theresa schwieg.

"Weißt du, dein Lukas ist nicht so perfekt, wie du immer denkst."

"Was hat das jetzt alles mit Lukas zu tun? Du kennst ihn ja gar nicht!" antwortete Theresa scharf.

"Ich sag ja nur, dass das komisch ist, wenn man anscheinend in einer perfekten Beziehung ist und kaum fährt man mal alleine wo hin, schmeißt man sich sofort an einen anderen ran."

"Ich hab' mich an niemanden rangeschmissen. Wir haben nur getanzt!"

"Jaja... du wirst es ja wissen", schloss Florian.

"Was ist eigentlich dein Problem? Willst du mir irgendwas sagen? Willst du mir sagen, was richtig und was falsch ist?"

"Weiß nicht... ich weiß auch nicht, was richtig ist. Aber vielleicht denkst du ja mal darüber nach..."

Theresa verlor die Geduld. Der Wein und Florians Worte machten ihr Kopfschmerzen.

"Was glaubst du denn, was ich jetzt seit Stunden mache? Ich denke die ganze Zeit nach! Ich weiß ja selber nicht, was ich machen soll!"

"Dann hast du eh schon eine Antwort."

"Du mit deinen Weisheiten! Ich hab' gar keine Antwort! Ich kann ja nicht nur weil ich mal betrunken bin und einen Ausflug ohne Lukas mach', sofort danach Schluss machen und mir einen anderen aufreißen..."

"Und genau das ist dein Problem!", unterbrach sie Florian. "Genau das kannst du schon! Wenn du darüber nachdenkst, ist der richtige Zeitpunkt eigentlich schon da! Im Rausch kommt oft die Wahrheit ans Licht!"

"So ein Blödsinn! Ich werf' doch nicht fünf Jahre einfach so weg!"

"Ich würde das schon in Kauf nehmen, anstatt vielleicht noch fünfzig Jahre mit dem Falschen!"

Theresa wurde schlecht. Sie sprang auf und lief ins Gebüsch. Florian eilte ihr nach. Noch bevor er bei ihr ankam schrie sie:

"Hau ab! Das brauchst du dir jetzt wirklich nicht anschauen!"

Insgeheim musste Florian lachen. So kannte er die perfekte, höfliche, aufmerksame Theresa gar nicht. Nach ein paar Minuten kam sie kreidebleich aus dem Gebüsch und strich sich ein paar klebrige Haarsträhnen aus dem Gesicht.

"Hast du Wasser auch da?"

Er wühlte in der Tasche und zog eine leere Plastikflasche heraus.

"Ich hol' dir schnell vom Brunnen was."

Theresa saß da und erkannte sich kaum wieder. So etwas war ihr noch nie passiert. Hoffentlich erfährt das niemand, schon gar nicht Lukas. Er würde ihr sofort eine Predigt darüber halten, dass es sich für Frauen nicht gehört, über den Durst zu trinken. Sicher würde er sich vor ihr ekeln und sie tagelang nicht mehr anfassen. Dabei trank er fast jedes Wochenende nach den Fußballspielen einen über den Durst.

Florian eilte mit einer Flasche Wasser heran. Gierig trank sie das erfrischende Wasser und fühlte sich gleich besser.

"Danke.", sagte sie.

"Kein Problem."

"Können wir das bitte für uns behalten?", fragte sie ihn hoffnungsvoll.

"Was zahlst du dafür", antwortete er ihr wieder spitzbübisch.

Sie gab ihm einen verärgerten Stoß in die Rippen. "Nichts!"

"Ok", antwortete er lachend. "Hauptsache es geht dir besser und ich muss nicht alleine hier sitzen."

"Warum hast du eigentlich nie eine Freundin?", lenkte Theresa ein.

"Ich weiß es auch nicht. Ich will eben nicht irgendeine."

"Ja aber es gibt doch sicher viele Interessentinnen!?"

"Das schon, aber..." er zuckte nur mit den Schultern.

"Willst du denn keine?", bohrte Theresa weiter.

"Doch schon, aber....", wieder folgte nur ein Schulterzucken.

"Ja worauf wartest du dann?"

Pause.

"Wartest du etwa auf *die Eine*?", stichelte sie mit ironischem Unterton weiter.

"Theresa, so gemein kenne ich dich gar nicht!"

Sie gab ein boshaftes Lachen von sich. "Also wo bleibt deine Märchenprinzessin?"

"Naja, die wird's wohl nicht geben", gab er sich geheimnisvoll.

"Sicher... du musst eben darauf warten", belehrte ihn Theresa.

"Ehrlich gesagt glaube ich an sowas nicht. Ich denke nicht, dass man eine Traumfrau einfach so trifft. Ich brauche auch gar keine Traumfrau, ich bin auch allein zufrieden. Und eigentlich macht mich dieses ganze Gerede von *der Einen* immer aggressiv."

"Aha... also was willst du dann?", Florian war ihr nur noch ein Rätsel.

"Ich will einfach ein Gefühl haben, dass alles passt. Man weiß es ja sowieso nie, was kommt. Ich will einfach nichts, das kompliziert ist. Ich will keine Frau, bei der ich nie weiß, was sie will und ob sie das, was sie sagt wirklich so meint, wie sie es sagt. Und am aller wenigsten mag ich Frauen, die denken, der Mann muss die ganze Eroberungsarbeit leisten und sie lassen sich fast betteln, dass sie sich einmal mit einem treffen."

"Du findest uns Frauen also kompliziert", fasste Theresa zusammen.

"Ja. Vollkommen. Schau dich an!"

"Was soll das jetzt wieder heißen?"

"Du hast seit fünf Jahren einen Freund, den du magst, aber jeder sieht, dass die Luft draußen ist. Er macht was er will, du willst es nicht einsehen. Du fährst auf Musiausflug und triffst einen netten Mann, mit dem du einen spannenden Abend verbringen willst, aber du zerfrisst dich selber mit endlosen Gedanken, statt dass du einfach das tust, was du willst. Du denkst viel zu viel darüber nach, was sich gehört, was die anderen denken und was kommen könnte. Was hast du schon zu verlieren?"

"Naja, ich geh eben nicht kopflos durch die Gegend. Ich denk' schon nach, was ich mache. Ich will nicht im Nachhinein alles bereuen und mich für das, was ich getan habe schämen."

"Ja und am Schluss denkst du dir dann, hätt' ich doch mal was riskiert."

Theresa blickte wieder stumm vor sich hin.

"So einfach ist das alles nicht", antwortete sie schließlich.

"Wem sagst du das", bestätigte er. "Du sollst nur wissen, dass du dich vor niemandem rechtfertigen musst. Nur vor dir selber."

Theresa staunte darüber, wie er sie zu durchschauen schien.

"Du machst also einfach immer das, worauf du gerade Lust hast?", fragt sie ihn.

"Nein, das geht leider auch nicht", antwortete er lachend.

"Also, was machst du dann?"

"Wie gesagt, das ist immer so ein Gefühl. Wenn ich denke, alles passt und einfach alles leicht von der Hand geht, dann wird es schon passen, denke ich. Aber wie du ja siehst, ist es nicht gerade oft der Fall, dass alles passt. Solange warte ich eben noch."

"Klingt nach vielen einsamen Nächten."

"Ja. Aber immerhin zerfresse ich mir nicht selber den Kopf vor lauter *hätte, könnte, sollte, möchte...*"

"Hm..." hast du eine Zigarette?

"Sicher. Bitteschön.", wieder schwiegen sie und rauchten ihre Zigaretten.

Aus der Ferne hörten sie die johlenden Gesänge der Musikanten, die noch übriggeblieben waren und ein paar Glasflaschen klirren.

"Ich geh jetzt schlafen", sagte Theresa, machte ihre Zigarette aus und erhob sich.

"Ich auch", antwortete Florian. "Es reicht für heute".

"Ja, es reicht vollkommen", lächelte sie ihn an.

Gemeinsam verließen sie den Garten und gingen unbemerkt am Gemeinschaftsraum vorbei in den ersten Stock, wo ihre Zimmer waren. Vor Theresas Zimmer blieb Florian noch einmal kurz stehen und wünschte ihr eine gute Nacht.

Theresa umarmte ihn kurz und bedankte sich für alles. Dann betrat sie das Zimmer und schloss die Tür leise hinter sich.

Florian blieb noch einen Moment vor ihrem Zimmer stehen und wartete, ob sie noch einmal herauskommen würde. Von drinnen hörte er nur etwas Geklapper aus dem Bad und ein paar leise Schritte. Schließlich machte er sich auf den Weg in sein Zimmer, wo er einen heilsamen Schlaf herbeisehnte. Doch der war ihm nicht vergönnt.

15

Unten im Gemeinschaftsraum waren noch immer lautstarkes Gejohle, Gesang und derbe Trinksprüche zu hören. Die Getränkevorräte, die der Wirt in weiser Voraussicht im Gemeinschaftsraum deponiert hatte, waren bis auf den letzten Tropfen leer getrunken. Die Nacht war schon weit fortgeschritten. In ein bis zwei Stunden sollte bereits die Sonne wieder aufgehen.

Es waren noch etwa zehn Musikanten, die den Weg ins Schlafzimmer noch nicht einmal ansatzweise anzutreten planten. Zum Großteil bestand dieser Restsatz der Kapelle aus den Musikanten, die schon auf der Fahrt die hinteren Reihen im Bus besetzt und ihre Mission, das Wochenende auf jede erdenkliche Art, nur eben nicht trocken zu verbringen, akribisch verfolgten.

Kaum einer sah so aus, als würde er noch einen Schluck vertragen. Die Haare klebten schweißnass an den Gesichtern, rote Augenringe und leere Blicke verrieten, dass die hart geschundenen Körper nach dem langen Tag nichts mehr herbeisehnten, als einen ruhigen Schlaf. Doch daran war nicht zu denken. Deshalb versuchten sie auch alles Mögliche, um ja nicht die Müdigkeit über ihr nächtliches Schicksal regieren zu lassen.

Ihre Getränke hatten die letzten Herumtreiber schon lange geleert. Nachschub war keiner in Sicht und auch die Umgebung der Unterkunft versprach keine Hoffnung auf Flüssiges. Auch gab es kein Lokal in der Nähe, das, ihrem Zustand entsprechend, fußläufig erreichbar war. Und dennoch war klar, dass der Abend noch nicht vorbei war. Irgendwo musste doch noch etwas Spannendes sein! Aus dieser Überzeugung blieben sie wachsam und suchten in jedem Gegenstand, hinter jeder unversperrten Tür, in jedem noch unerforschten Winkel der Unterkunft ihr ersehntes, unvergessliches Abenteuer.

Es ist, als könnten sich Musikkameraden, egal wo auf der Welt sie auch sind, wiederfinden. Die innige Verbundenheit ist wie eine Fährte, die sie jederzeit aufnehmen können und die den verloren geglaubten Mitgliedern auf diese Weise stets behilflich ist, zu ihren Kollegen zurück zu finden.

So erging es auch den drei Schlagzeugern, die seit der Abreise vom Festzelt unauffindbar gewesen waren. Wie aus dem Nichts schlichen sie plötzlich durch den dunklen Garten der Pension und erschreckten die anderen, die dort gerade ihr Unwesen trieben, mit einem lauten Gebrüll. Die Ruhelosen waren gerade damit beschäftigt, die säuberlich in einem Kreisel angelegten Blumenbeete auf die ihre Art zu düngen, sich also in den Beeten zu erleichtern und die Blumen damit schandhaft zu beschmutzen. Beim Gebrüll der ankommenden Schlagzeuger schreckten sie hoch und erwiderten das Getöse mit einem mindestens genauso ohrenbetäubenden Schreien.

Auf einzelnen Zimmern in den oberen Etagen wurde plötzlich Licht gemacht. Aus einem Fenster schimpfte ein schlaftrunkener Altmusikant:

"Ruhe da unten! Habt ihr noch immer nicht genug Radau geschlagen? Schaut lieber, dass ihr morgen wieder zu etwas nütz seid!"

Die gut gemeinten Zurechtweisungen des Älteren wurden nur mit unreifen Bemerkungen und jeder Menge Gelächter erwidert.

Gleichgültig machten sich die zehn Letzten und die drei verloren geglaubten und glücklich heimgekehrten Schlagzeuger zurück in die Unterkunft. Den Garten hatten sie auf ihre Art bis auf den hintersten Winkel durchforstet. Überall hatten sie Spuren des Leichtsinns hinterlassen.

Florian hatte noch kein Auge zugetan. Noch immer dachte er an Theresa und das seiner Meinung nach viel zu offenherzige Gespräch im Garten. Was hatte er sich nur dabei gedacht, im angeheiterten Zustand mit ihr alleine zu sprechen? War ja klar, dass er dabei etwas sagen würde, das nicht für ihre Ohren gedacht war. Sein letzter Trost war, dass sie auch nicht wenig intus gehabt hatte und daher vielleicht nicht das komplette Gespräch im Gedächtnis behalten würde.

Der Busfahrer, sein unliebsamer Zimmergefährte, hatte sich schon längst schlafen gelegt und stieß ein paar unüberhörbare Schnarchlaute aus. An Schlaf war für Florian also keinesfalls zu denken.

Dieser Meinung waren offenbar auch die rastlosen Trunkenbolde, die in der Pension umherstreiften. Obwohl sie nur noch zu dreizehnt waren, zogen sie einen Lärmpegel mit sich, der zu dieser Nachtzeit absolut inakzeptabel war.

Florian hörte die Gruppe im Gang vor seinem Zimmer näherkommen. Er glaubte, mehrfach seinen Namen zu hören. Um zu vermeiden, dass der Busfahrer von den Herbeinahenden unsanft aus dem Schlaf gerissen wurde, trat Florian aus dem Zimmer und versuchte wild gestikulierend und mit einem deutlichen "Ssscccchhhhh" die Ankömmlinge ruhig zu stellen.

"Ich bin ja schon da, was wollt ihr denn?"

Darauf hatte keiner der Dreizehn eine Antwort. Also machte Florian ihnen den Vorschlag, wieder in den Aufenthaltsraum zu gehen, wo sie zumindest niemanden aufwecken konnten.

"Es gibt aber nichts mehr zu trinken", lallte ein Halbstarker.

"Ja dann, würde ich langsam auch schlafen gehen", schlug Florian vor.

Diesen klugen Vorschlag hätte er sich wohl besser erspart, denn sogleich brach ein lautstarker Ausdruck des Unverständnisses seitens seiner Gegenüber aus. Er verstand nur Wortbrocken wie "Langweiler", "fad", "alles wegen den Weibern" und so manches mehr.

Schnell wurde ihm klar, dass die Gruppe schon längst über den Verlauf seiner restlichen Nacht bestimmt hatte. Und die fiel wohl ohne Schlaf aus.

Immer noch in der Überzeugung, irgendwo in diesem Gebäude müsse sich doch noch ein Schluck Alkohol auftreiben lassen, streunte die Gruppe durch das gesamte Stiegenhaus und versuchte, auf offene Türen zu treffen.

Wie es das Glück wollte, standen sie plötzlich mit offenem Mund im dritten Stockwerk und beobachteten, wie sich die Tür von Biggis Schlafzimmer leise öffnete und ein sehr bekanntes Gesicht, der zweite Hornist, Gerry sein Name, mit geröteten Wangen und zerstrubbeltem Haar aus dem Türrahmen hervorlugte.

Einen kurzen Moment lang umgab die Horde eine Stille, wie sie an jenem Abend noch nie auch nur ansatzweise aufgekommen war. Doch diese respektvollen Schweigesekunden währten nur kurz. Der nächtliche Besucher in Biggis Zimmer war ein gefundenes Fressen für die ruhelosen Dreizehn.

"Gerryyyyyy!" rief schon der Erste.

"Ja was machst du denn da im Damenzimmer?", höhnte schadenfroh der Zweite.

"Uuuuuuuuuuhhhhhh", grölten die anderen.

Gerrys Kopf wurde feuerrot und mit einem verzweifelten "Sccchhhhhhh!" versuchte er, möglichst keine Aufmerksamkeit in den anliegenden Schlafzimmern zu erregen.

Biggi hatte den Überfall offenbar nicht überhört und schlich ebenfalls verzweifelnd gestikulierend aus ihrem Zimmer.

"Gar nichts haben wir gemacht! Nur geredet!"

Auch dieser Verteidigungsversuch wurde nur mit verständnislosem Grölen beantwortet.

Endlich griff auch Florian ein und schaffte es auf unerklärliche Weise, den Lärmpegel wieder etwas abzudrehen.

"Außerdem ist Theresa auch im Zimmer", setzte Biggi noch kurz hinzu.

Florian erschrak. Theresa war noch wach? War sie etwa wirklich auch im Zimmer? Eigentlich war es ja logisch, teilten sich doch Biggi und Theresa ein Zimmer. Aber was hatte dann Gerry hier verloren?

Der eine Schlagzeuger klopfte Gerry anerkennend auf die Schultern.

"Gleich zwei Mädels? Respekt!"

"So ein Quatsch", mischte sich Biggi wieder ein. "Theresa schläft ja schon längst!"

Dieser Zusatz sorgte wieder für belustigte Meldungen.

"Also habt ihr es neben der schlafenden Theresa getan! Na so eine Sauerei", witzelte einer.

"Gar nicht wahr", verteidigte sich Biggi wiederum.

"Sag du doch mal was, Gerry", forderte ein etwas Älterer.

Gerry stammelte vor sich hin und wusste nicht recht, ob er mit der Wahrheit herausrücken sollte, oder lieber sein Mannesbild ins rechte Licht rücken sollte. Aber solange Biggi derart wachsam jedem Wort lauschte und auf ihre Weise relativierte, konnte er nicht mit seiner eigenen Version herausrücken.

Biggi warf ihm einen drohenden Blick zu und zischte die anderen an:

"Seid jetzt leiser, sonst weckt ihr noch Theresa auf!"

"Das wär' dem Florian sicher recht!", johlte wieder einer.

Biggi sah ihn schmunzelnd an. "Aber Theresa wäre sicher stockwütend!"

Schon packten zwei Trompeter Florian von hinten unter den Schultern und trugen ihn in Richtung des Mädchenzimmers. Florian versuchte sich verzweifelt zu wehren und strampelte mit den Füßen. Aber auch diese wurden ihm schnell enthoben und ein Schlagzeuger packte forsch mit an.

Biggi sprang erschrocken zur Seite und machte, mehr unfreiwillig als gewollt, den Eintritt ins Zimmer frei. Ihr schlechtes Gewissen schien sie zu zerfressen, doch hoffte sie noch immer inständig, Theresa würde den gleich folgenden Überfall mit Humor nehmen.

Im Inneren des Zimmers hörte sie ein wildes Poltern und Krachen.

Dann einen Weckruf:

"Theresaaa..... Überraschung!!!"

Ein Schrei. Wildes Gelächter. Zerbrechendes Holz.

"Spinnt ihr jetzt total?"

Das Bild, das sich im Inneren des Zimmers bot, war für einen normal denkenden Menschen auf keinen Fall mit einem Ausflug erwachsener Menschen in Einklang zu bringen.

Inmitten einer zerbrochenen Bettstatt, zwischen Laken und Federn saßen eine kochende junge Frau und quer ausgestreckt über ihrem Schoß lag ein zutiefst beschämter junger Mann, der sich vor Schmerz die Knochen rieb.

Um sie herum war ein Grüppchen von ausgewachsenen Kerlen, die sich vor Lachen kaum mehr halten konnten und stolz geschwellter Brust auf ihr Werk blickten.

Auf dem Gang hörte man plötzlich Schlüssel, die sich in den Schlössern umdrehten und Türen, die erbost aufgerissen wurden.

"Jetzt habt ihr's!" schrie Biggi wütend ins Zimmer.

Ein paar ältere Musikanten kamen in ihren Pyjamas herbeigeeilt und erschraken über das Szenario, das sich vor ihnen abspielte.

"Ja was ist denn hier passiert?", fasste der eine Altmusikant seine Bestürzung in Worte.

Es dauerte nicht lange und der Obmann eilte aus dem hintersten Zimmer herbei.

Seine Wut ließ ihm die Worte beinahe im Hals stecken bleiben. So etwas hatte er in zwanzig Jahren Obmannschaft noch nie erlebt. Sein tiefroter Kopf drückte weit mehr aus, als Worte es jemals zu schaffen vermochten.

Etwa die Hälfte der Unruhestifter hatte sich bereits in weiser Voraussicht davongestohlen. Zurück geblieben waren nur die drei, die Florian ins Zimmer getragen hatten, Biggi und Gerry.

Der Obmann blickte auf das eingestürzte Bett, die verstörte Theresa und den geschundenen Florian, sah die drei Trunkenbolde an und sagte nur eins:

"Morgen!"

Damit machte er sich schnurstracks zurück in sein Zimmer, wo er vor Wut kein Auge zutun konnte.

Das Lachen im Mädchenzimmer war verstummt. Zurück blieb eine allgemeine Unbeholfenheit. Theresa war die erste, die sich fasste.

"Raus! Haut sofort ab!", schrie sie die drei Verantwortlichen an.

Diese überlegten nicht lange und verließen das Zimmer.

Florian hatte auch langsam wieder etwas Körperbeherrschung zurückerlangt und gemerkt, dass alles noch relativ heil an ihm war. Langsam erhob er sich mit ein paar Ächzern von Theresas Körper und den Überresten ihres Bettes.

Schuldig wie ein armes Hündchen blickte er sie an und entschuldigte sich mehrmals bei ihr.

"Hilf' mir gefälligst auf!", wies sie ihn zurecht.

Er reichte ihr die Hand und während sie sie ergriff huschte ihr ein Hauch von einem Lächeln übers Gesicht. Florian war sich nicht ganz sicher, ob er recht gesehen hatte und wartete sehnlichst auf ein Zeichen.

"Hilfst du mir noch, die Bretter auf die Seite zu packen?" fragte sie ihn, den Umständen entsprechend etwas unfreundlich.

"Aber sicher", antwortete er und packte gleich mit an.

Biggi und Gerry standen noch immer im Hausgang und tuschelten sehr angeregt miteinander. Nach einer Weile kam Biggi ins Zimmer und sagte zu Theresa:

"Gerry meinte, ich kann heute Nacht bei ihm im Zimmer schlafen. Sein Mitbewohner, der Johannes, schläft anscheinend heute Nacht woanders, also hat er ein freies Bett. Da du ja jetzt keines mehr hast, könntest du in meinem Bett schlafen."

Sie blickte Theresa hoffnungsvoll an.

"Außerdem bist du sicher froh um etwas Ruhe, nach allem was dir heute Nacht passiert ist", gab sich Biggi extra verständnisvoll.

"Ja klar, mach nur", antwortete Theresa gleichgültig, wohl wissend, dass Biggi sich dadurch auch einen gewissen Vorteil erhoffte.

"Und Danke", schloss Theresa noch anstandshalber an.

Schon waren Gerry und Biggi verschwunden und Theresa stand allein mit Florian im Zimmer.

"So ein Saustall", sagte er. "Da gibt es noch einiges aufzuräumen!"

"Lass nur, der Obmann weiß ja, dass wir nicht schuld sind und deshalb wird sich schon jemand anderer darum kümmern", beruhigte ihn Theresa.

"Wieso warst du denn noch mit denen unterwegs? Ich dachte, du bist nach unserem Gespräch auch schlafen gegangen", wechselte sie plötzlich das Thema.

"Ich konnte nicht schlafen. Und dann sind die Typen auf einmal vor meinem Zimmer gestanden und haben Krawall gemacht. Da musste ich raus um sie zu beruhigen", so Florian.

"Das hat ja viel gebracht", witzelte Theresa. "Habt ihr noch was getrunken?"

"Nein, die haben so ziemlich jeden Tropfen, der in diesem Haus war, ausfindig gemacht und vernichtet", erzählte er kopfschüttelnd.

"Und was habt ihr dann gemacht?"

Florian wusste auch nicht so recht, wie er das nächtliche Umhertreiben in der Pension beschreiben sollte, also zuckte er mit den Schultern.

"Irgendwann kamen wir in dieses Stockwerk und da haben sie Gerry aus eurem Zimmer kommen sehen. Der war dann natürlich ein gefundenes Fressen!"

Theresa zuckte ebenfalls mit den Schultern.

"Was hat der eigentlich bei euch gemacht?", setzte Florian hinzu.

"Kannst du dir wohl denken".

"War der schon den ganzen Abend da?"

"Als wir aus dem Garten gekommen sind und ich ins Zimmer bin, haben die beiden in Biggis Bett tief geschlafen. Ich wollte sie nicht wecken, also bin ich einfach ins Bett geschlichen", erzählte Theresa.

"Denkst du, da lief was?", bohrte Florian nach.

"Was denkst du denn, wenn zwei Erwachsene in einem Einzelbett liegen? Glaubst du, die liegen Rücken an Rücken und drehen Däumchen?" Sie sah ihn amüsiert an.

"Nein, schon klar." Florian räumte noch ein paar Holzspäne weg.

"Lass nur, ich schlaf' auf dem Schrottgestell eh nicht mehr", wies ihn Theresa an.

"Generell schlaf' ich heute wahrscheinlich keine Minute mehr."

"Ich auch nicht", stimmte ihr Florian zu.

16

Draußen wurde es schon langsam dämmrig. Auf den Gängen der Pension war endlich Ruhe eingekehrt. Es schien so, als wären selbst die letzten ruhelosen Seelen endlich in ihren Schlafzimmern verschwunden.

Schlaflos lag der Obmann in seinem Bett und blickte unruhig an die Decke. Was war nur in die Musikanten gefahren? Reichte es heutzutage nicht mehr, sich hemmungslos zu betrinken? War es nicht genug, die gesamten Getränkereserven eines Gastronomiebetriebes zu leeren, ein paar Witze zu machen und vielleicht mit der ein oder anderen Musikantin anzubandeln, wie es noch in seinen eigenen Jugendjahren der

Fall gewesen war? War Vandalismus die Herausforderung von heute?

Er hoffte inständig, die ungehobelte Bande habe endlich das Bett gefunden und gab Ruhe. Immer noch ahnte er das Schlimmste. Es waren großteils Volljährige, die heute Nacht ihr Unwesen getrieben hatten. War es wirklich seine Aufgabe, junge Erwachsene zu erziehen und den Spielverderber zu mimen?

Nein, er würde einfach weiterschlafen, es waren eh nur mehr zwei Stunden bis zum Frühstück und dann würde er sich ein Bild von der Gesamtsituation und den Folgen des nächtlichen Umtriebes machen.

Doch als Obmann konnte er sich nicht entspannen, war er doch derjenige, der die Verantwortung zu tragen hatte, sollte etwas wirklich Schlimmes passiert sein.

An Schlaf war für ihn definitiv nicht mehr zu denken. Er stand auf und ging ins Badezimmer. Ein Blick in den Spiegel verriet ihm, dass er diese Nacht eindeutig zu wenig geschlafen hatte. Auch die Aufregung machte sich in Form von bläulichen Augenringen auf seinem Gesicht breit. Vor fünfunddreißig Jahren, er wusste es noch genau, war er zum ersten Mal als stolzer Jungmusikant bei einem Musikausflug mitgefahren. Er war damals vierzehn Jahre alt und konnte schon beinahe alle Töne auf seiner Posaune spielen. Stolz hatte er die Musikuniform zu Hause gebürstet und die Schuhe poliert. Er wollte in Südtirol eine besonders gute Figur machen und den älteren Musikanten beweisen, dass er einer von ihnen war.

Leider hatte der damalige Ausflug fatal geendet. Schon auf der Busfahrt hatten sie ihn mit Schnaps abgefüllt und bei der Ankunft in Meran beim Weinfest, wusste der Arme nicht einmal mehr, wie er seine Posaune aus dem Instrumentenkoffer bekam. Zum Gespött der Älteren erklärt und nicht mehr fähig, die musikalische Leistung zu erbringen, setzten ihn die Altmusikanten auf eine schattige Parkbank und ließen ihm von der Marketenderin einen feuchten Lappen auf die Stirn legen. So verweilte er fünf Stunden, während seine Kollegen ein zünftiges Konzert spielten, sich von der Menge umjubeln ließen und anschließend in ein gemütliches Festgelage hinüberglitten. Damals schwor er sich, nie mehr zur Lachnummer der Musikkapelle zu werden.

Dieser Schwur war mit dem heutigen Tage gebrochen. Als Obmann würde er am morgigen Tag eine strenge Standpauke halten müssen. Was er dafür ernten würde - höhnendes Gespött und ein paar provokante "Ganz ruhig", konnte er sich schon lebhaft vorstellen.

Unruhig versuchte er, sein strenges Gesicht für die morgige Standpauke vor dem Spiegel zu üben. Was würde er den kichernden Großmäulern sagen? Wer würde ihn ernst nehmen? Und wie demütigend wird es sein, sich beim Wirt und der Wirtin für das unmögliche Verhalten seines Vereines zu entschuldigen? Warum war er eigentlich Obmann geworden? Verärgert verließ er das Bad und schwor sich, sich für keine weitere Wahlperiode aufstellen zu lassen.

Auch wenn die Ruhe auf den Gängen anderes vermuten ließ, waren auch in einigen anderen Zimmern noch große Denker am Werk und ernsthafte Debatten zu vernehmen.

Ebenfalls in Gedanken schwelgend lag Bernhard in seinem Bett und war schon wieder verärgert wegen dem Schnarchen seines Zimmerkollegen Elmar aufgeschreckt. Im schummrigen Dämmerlicht erkannte er, dass die weibliche Besucherin, die Elmar beim Festumzug in Graz kennen gelernt und anschließend mit ins Zimmer gebracht hatte, endlich das Zimmer verlassen hatte. Bernhard hatte sich lange im Aufenthaltsraum zu den anderen gesellt, um seinem Kameraden ein paar ruhige Minuten zu zweit mit der aufdringlichen Blondine zu gönnen. Nach zwei Stunden, als er das Zimmer betrat und die Blondine immer noch da war, erschöpft und zerknautscht in Elmars Bett, hatte er sich einfach hingelegt und gehofft, sie würden sich zumindest die restliche Nacht nur dem Schlafen widmen und ihn nicht in eine unangenehme Lage bringen, als stiller Zeuge für etwas, das er nicht sehen wollte.

Ein paar Mal war er bereits aufgewacht, weil die Blondine gekichert hatte oder Elmar unüberhörbar geschnarcht hatte. Dass Bernhard diese Nacht also kaum Erholung fand, war kein Wunder.

Insgeheim wusste Bernhard jedoch, dass ihm nicht nur die Affäre seines Zimmerkollegen den Schlaf raubte. Vielmehr war es die Tatsache, dass sich sein Neffe Johannes noch immer irgendwo in Graz herumtrieb und noch kein einziges Lebenszeichen abgegeben hatte.

In noch einem Zimmer war an Schlaf nicht zu denken: Theresa lag auf dem Bett ihrer Zimmerkollegin Biggi, die vor etwa einer Stunde mit Gerry aufs Zimmer verschwunden war, nachdem ihr Zimmer in einen Trümmerhaufen verwandelt worden war. Auf dem zweiten Bett, oder vielmehr einer Matratze am Boden, saß Florian in Blickrichtung zu Theresa und nuckelte an einem Flachmann, den Theresa ihm gereicht hatte. Nachdem die beiden die größten Trümmerstücke zur Seite geschafft und das Zimmer wieder halbwegs bewohnbar war, hatten sie die Gespräche im Garten wieder aufgenommen.

"Ich hab' nach unserem Gespräch nicht gut geschlafen, du?" fragte Theresa.

"Gar nicht. Hast du eh gemerkt."

"Ja stimmt... warst wohl eher mit den Jungs unterwegs", folgerte Theresa.

"Mhm", kam es aus Florian.

"Was für ein krasser Musikausflug", brach Theresa die Stille. "Wenn ich heimkomme, weiß ich gar nicht, ob ich wieder zum normalen Alltag übergehen kann..."

"Was meinst du?", fragte Florian.

"Naja, ich meine, ich kann doch nicht einfach zu Lukas und so tun, als wäre alles perfekt!"

"Es ist doch perfekt, hab' ich gedacht". Florian war verwirrt.

"Natürlich ist es das. Es ist alles perfekt nach außen, aber wenn man so redet, wie ich es heute getan habe, dann muss doch etwas nicht stimmen", brach es aus Theresa heraus.

"Ihr Frauen.... ihr sagt, es passt alles, aber dann wollt ihr eigentlich hören, es passt nicht alles, weil es ja angeblich falsch ist zu behaupten, es passe alles..." Florian schmunzelte.

"Ach du hast es leicht.... was weißt du schon über die Frauen?"

"Genug um zu wissen, dass ihr immer das wollt, was ihr nicht haben könnt und das, was ihr haben könnt, genügt euch nicht".

Theresa konterte: "Ja aber ihr! Ihr wollt etwas, bringt aber nicht den Mund auf, um es euch zu holen und wenn ihr kurz davorsteht, zieht ihr den Schwanz ein und lauft weg!"

"Na das sind aber harte Worte! Man könnte fast meinen, du spielst auf etwas an, was dir erst kürzlich passiert ist!" entgegnete Florian.

Theresa zuckte mit den Schultern. "Vielleicht."

"Liegt es an dem Grazer Posaunisten, der heut beinahe deine Beziehung gefährdet hätte, als du kurz davor warst ihn bei eurem heißen Tanz zu küssen?"

Florian reichte ihr den Flachmann und klopfte ihr belustigt auf die Schulter.

"Pfff... sehr lustig", keifte sie ihn an. "Der ist doch gar nichts...!"

"Na was war dann?"

Theresa hatte keine Lust, sich in die Ecke drängen zu lassen, also brach sie das Verhör ab.

"Was war denn eigentlich bei dir heute los? Was wolltest du denn im Garten von mir? Was sollte denn dieses Oberschenkel-Betatsche?"

Jetzt war Florian überrumpelt.

Theresa grinste ihn triumphierend an. "Oder weißt du das schon gar nicht mehr?"

Florian wusste nicht, was er sagen sollte.

"Naja...", stammelte er, "Das war nichts..."

Theresa nahm einen großen Schluck aus dem Flachmann und verkündete:

"Wie schön ist es, dass zumindest die Männer immer wissen, was sie tun und jeden ihrer Schritte bedacht und zielstrebig setzen."

Sie lachte und überreichte Florian anerkennend den Flachmann.

"Gut, wie du willst", konterte er. Der Schnaps hatte seinen Mut entfacht und gab ihm wieder etwas von der Lockerheit zurück, die er heute beim Musikfest gespürt hatte. Er setzte sich neben Theresa aufs Bett, stellte den Flachmann zur Seite und sah ihr direkt in die Augen.

"Sei doch mal ehrlich. Was glaubst du denn, was ein Mann sagen will, wenn er einer Frau auf den Oberschenkel fasst?" seine Hand streifte bei diesen Worten leicht ihr Knie.

Theresa war überfordert mit dieser plötzlichen Direktheit, die sie so an Florian gar nicht kannte.

"Naja..., wahrscheinlich heißt das, dass er die Frau gern näher spüren möchte", gab sie sich noch immer etwas zurückhaltend.

"Wahrscheinlich", antwortete er. "Und warum kann dann die Frau nicht einfach klar und deutlich signalisieren, ob sie ebenfalls interessiert ist, oder nicht?"

Theresa überlegte lange. Sie wollte schlagfertig und stark sein, aber ihr fiel nichts ein. Er hatte recht. Sie gehörte auch zu den Frauen, die die Antwort gerne von jemand anderem hören wollten, die nicht den Mut hatten, sich zu entscheiden und deshalb einen starken Mann herbeisehnten, der sie einfach wie ein mutiger Ritter aufhob, auf sein stolzes Ross setzte und mit ihr in eine märchengleiche Zukunft ritt.

Es war der Punkt, an dem sie gezwungen war, zu entscheiden. Wollte sie einen Schlussstrich unter die Beziehung zu ihrem Lukas setzen? War sie bereit, einzusehen, dass die Beziehung nur nach außen perfekt schien, inhaltlich aber leer und unbefriedigend? War Florian der Richtige, ihr diese Tatsachen klar zu machen, oder war sie nur gerührt von seinem Mut? Was, wenn sie jetzt ihrem Drang nach etwas Verbotenem nachgab, er aber anschließend mehr erwartete und sie schlussendlich wieder in einer Beziehung steckte, die es ihr verwehrte, sich wirklich im Klaren darüber zu werden, wer sie war und was sie vom Leben wünschte?

Florian lachte, zog seine Hand zurück und schmunzelte.

"Du hättest gerade dein Gesicht sehen sollen. Muss ja richtig anstrengend gewesen sein, was du gerade gedacht hast. Man konnte die vielen Fragezeichen in deinem Kopf fast hören!"

Theresa war enttäuscht. Hatte er sich nur über sie lustig gemacht? Hatte er denn überhaupt kein Gespür für Anstand? Gleichzeitig sah sie in Florian plötzlich etwas, das sie bisher noch nicht gesehen hatte. Er war tatsächlich frech, geheimnisvoll und verlockend. War er etwa doch nicht so unerfahren, naiv und hoffnungslos verliebt?

Sie sagte gar nichts mehr und legte sich wortlos ins Bett. Ihre Beine streckte sie frech über den seinen aus. Als würde sie versuchen zu schlafen, schloss sie ihre Augen und setzte ein zufriedenes, aber zugleich auch schelmisches Lächeln auf.

Florian genoss die Situation. Er hatte es doch wirklich geschafft, sie vollends zu überraschen und zum Schweigen zu bringen. Da fiel ihr jetzt wohl gar nichts mehr ein, was sie hätte entgegnen können. Nun lag sie da, ihre Beine auf seinem Schoß und tat so, als würde sie schlafen. Wortlos hob er ihre Beine an, gab ihr einen sanften Schubser, damit sie noch etwas näher zur Wand rückte und legte sich neben sie in das schmale Einzelbett. So lagen sie nun da, eng nebeneinander und sagten nichts. Taten nichts. Und es passierte auch sonst weiter nichts.

17

Johannes erschrak, als er in einem lichtdurchfluteten Zimmer einer unbekannten Wohnung aufwachte und sich, nur in einem fremden T-Shirt bekleidet, auf einem Schlafsofa wiederfand. Neben ihm am Boden stand ein Putzkübel, der übel nach Erbrochenem roch. Sonst fand er nichts in dem Raum, dass irgendwie zu ihm zu gehören schien.

Die altfränkischen Gardinen aus Klöppelspitze und die schweren Wollvorhänge ließen in etwa auf das Alter der Wohungsbesitzer schließen. Wo war er hier gelandet und vor allem, wem gehörte die Wohnung, in der er war?

Er versuchte aufzustehen, musste sich aber aufgrund der unerträglichen Kopfschmerzen und des Schwindels, der ihn überkam, sofort wieder setzen.

Unbeholfen sah er sich seine Hände und Beine an. Alles war unversehrt an ihm, nur befürchtete er, dass das die letzten Stunden nicht immer so gewesen sein musste, denn woher käme sonst die fremde Kleidung und der übelriechende Kübel am Boden?

Plötzlich hörte er aus einem angrenzenden Zimmer, es musste wohl die Küche sein, leise Volksmusik und das Geräusch eines Wasserkochers. Er glaubte sogar, das Summen einer Stimme zu vernehmen, die die Volksmusik zu begleiten versuchte.

Ehe er den Versuch wagte, erneut aufzustehen, sprang auch schon mit einem lauten Knall die Tür auf und eine ältere, aber quitschfidel aussehende Dame in einer rosaroten Schürze und einer vertrauenerweckenden Dauerwelle stand in Johannes' provisorischem Schlafzimmer. In der Hand hielt sie eine Tasse dampfenden Tee und eine Banane.

"Na wer ist denn da plötzlich von den Toten auferstanden", witzelte sie gehässig und stellte den Tee schwungvoll auf den Sofatisch. Danach öffnete sie mit vollem Elan die großen Fenster und atmete erleichtert die hereinströmende Frischluft ein.

"Da drin bekommt man ja fast keine Luft", ächzte sie grinsend.

"Wie geht es dir denn heute?", fragte sie ihn.

Johannes stammelte vor sich hin.

"Naja, immerhin klingt das schon viel besser als gestern", unterbrach sie ihn gleich.

"Jetzt trinkst du mal eine schöne Tasse Tee und isst das", sie schwang die Banane in ausladenden Kreisbewegungen vor seinem Gesicht.

"Danach kannst du ins Bad gehen. Ich hab' dir eine Zahnbürste hingelegt und ein frisches Handtuch." Damit war sie auch schon wieder aus dem Raum verschwunden.

Johannes nahm einen Schluck Tee und schälte die Banane. Irgendetwas an dieser Frau erinnerte ihn an seine Mutter, die auch keine Widerreden duldete. Es grenzte nahezu an ein Wunder, dass es sein Onkel Bernhard geschafft hatte, sie zu überreden, dass Johannes bei diesem Musikausflug dabei sein durfte.

Langsam kamen ihm die Erinnerungen an den gestrigen Abend beziehungsweise Tag. Es war doch noch nicht spät gewesen, als er die Gruppe verloren hatte. Ja, er konnte sich gut erinnern, dass er schon am Vormittag eindeutig zu viel getrunken hatte. Selbst nach der feuchtfröhlichen Busfahrt hatten sie im Zimmer der Pension noch ein kleines Trinkspiel veranstaltet. Schnaps hatte er noch nie vertragen, oder besser gesagt durfte er mit seinen siebzehn Jahren auch noch gar keinen trinken. Vielleicht war das auch ein Grund, warum ihm diese Trinkgelage allzu stark in den Kopf gestiegen waren.

Jedenfalls konnte er sich nicht erinnern, dass er am Festumzug oder der Feier im Zelt teilgenommen hatte, auf die sich alle so sehr gefreut hatten.

Was auch immer genau passiert war, er steckte in Schwierigkeiten. Wie sollte er jemals zu den anderen finden und vor allem, was würde passieren, wenn seine Mutter davon erfuhr, was auf dem Musikausflug mit ihm geschehen war.

Irgendwo musste er doch sein Handy haben. Verzweifelt sah er sich im Zimmer um und suchte jede Ritze der Schlafcouch ab. Irgendwann gab er die Suche auf und ging ins Badezimmer. Dieses war nicht minder kitschig eingerichtet, sah aber sauber und gepflegt aus. Er wusch sich sporadisch ab, putzte die Zähne und fühlte sich schon gleich frischer.

Als er den Raum genauer musterte erschrak er plötzlich ins bodenlose, als er sein Musikhemd, die Lederhose und die Jacke fein säuberlich, gewaschen und gebügelt auf einer Kommode liegen sah. Daneben auch seine Unterhose, die er am Vorabend getragen hatte, nach frischer Wäsche duftend und sogar gebügelt!

Hatte die ältere Dame ihn etwa umgezogen? Er sah an sich herunter. Das T-Shirt war eindeutig von der

Dame. Darauf konnte er wegen des ausgebleichten Blümchenmusters schließen. Und die Unterhose? Es war schwer zu beurteilen. Auf den ersten Blick lebte die Dame alleine hier. Aber Feinripp-Unterhosen? Konnte das wirklich ihr Stil sein? So genau kannte er sich nicht aus mit Damenunterwäsche, geschweige denn derer für betagte Damen.

Erneut fuhr er hoch, als die Dame ihn im Bad suchte.

"Was schaust denn so verdattert? Klar musste ich das alles waschen, du kannst dir nicht vorstellen, wie das alles ausgeschaut hat! Als wärst du Kopf über Arsch einen Hügel hinuntergeplumst, aber mit heruntergelassenen Hosen, versteht sich!" Sie grinste übers ganze Gesicht und klopfte ihm großmütterlich auf die Wange.

"Zier dich nicht, bist ja nicht der erste junge Mann, den ich nackt gesehen habe. Außerdem nehme ich mal an, du trägst lieber deine eigenen Unterhosen und nicht die einer alten Dame." Damit war sie auch schon wieder verschwunden.

Johannes schämte sich ins Bodenlose. Er hatte schon vermutet, dass er gestern wohl nicht mehr ganz bei Sinnen gewesen war, aber das? War er etwa zu einem Riesenbaby geworden, das gewickelt und gewaschen werden musste?

Schnell zog er sich an, die Musiktracht schien bis auf ein, zwei Kratzer im Kalbsleder der Musikhose keinen Schaden genommen zu haben. Immerhin das. Von seinem Selbstwertgefühl hingegen war nichts mehr übrig.

"Entschuldigen Sie", fragte er die Dame, als er schüchtern seinen Kopf durch die Küchentür steckte, "haben Sie vielleicht mein Handy gesehen?"

Sie sah ihn mitleidig an. "Leider nicht, mein Lieber. Ich hab' das ganze Rasenstück, auf dem du gelegen hast, abgesucht, ob da noch was von dir herum liegt, aber da war nichts."

Als könnte er noch tiefer sinken. Offenbar hatte ihn die Dame buchstäblich irgendwo aufgelesen.

"Du kannst aber gerne von meinem Telefon aus anrufen", sie streckte ihm ein riesiges Mobiltelefon mit extra großem Tastenfeld hin.

Blöderweise hat es die heutige Zeit an sich, dass man sich dermaßen auf sein Handy als Träger des gesamten persönlichen Gedankengutes verlässt und deshalb nicht mehr seine Hirnkapazitäten nutzt, um wichtige Informationen zu speichern.

"Ich hab' aber die Nummern von meinen Kollegen nicht auswendig im Kopf", gab er zu.

"Das ist gleich, dann rufen wir eben in eurem Hotel an und fragen, wo ich dich hinbringen soll", versuchte ihn die Dame zu beruhigen.

Sein Gesicht nahm einen noch verzweifelteren Ausdruck an.

"Ich weiß nicht einmal, wie unser Hotel heißt", so lange hatte er versucht, stark zu sein, aber nun brach ihm die Stimme und ein paar dicke Tränen kullerten ihm über die Wange.

Die ältere Dame nahm ihn sogleich tröstend in den Arm.

"Ach mein lieber Junge, wir finden schon heraus, wo sich ein Tiroler Musikantenhaufen in Graz versteckt hält. Sowas fällt hier doch auf jeden Fall auf. Lass mich nur telefonieren."

Sie griff nach einer riesigen Brille mit zentimeterdicken Gläsern und holte ein abgegriffenes Telefonbuch aus einer Schublade. Darin blätterte sie ein Weilchen und schleckte nach jeder Seite genüsslich ihren Zeigefinger ab, damit die Seiten sich leichter voneinander lösten.

Endlich hatte sie gefunden, wonach sie suchte.
"Hallo, Herr Klingenschmid. Entschuldigen Sie die Störung am Sonntag, aber ich habe eine wichtige Frage... bitte was?.......... Natürlich! Entschuldigen Sie, dann hab' ich mich wohl verwählt", schnell legte sie auf.

"Hab wohl die Sechs mit einer Acht vertauscht", erklärte sie kichernd.

Erneut tippte sie die Nummer in ihr Telefon und formte jede Ziffer übertrieben mit ihren Lippen nach.

Ein kurzes Klingeln an der anderen Leitung und schon plapperte sie wieder freundlich los.

"Ja, guten Tag, Herr Klingenschmid, mein Name ist Ursula Habicht und ich wollte Sie auf keinen Fall stören am heutigen Sonntag, aber ich habe eine wichtige Bitte..."

Eine freundliche Stimme antwortete irgendetwas am anderen Ende der Leitung.

"Sie sind doch der Kapellmeister der Grazer Stadtmusikkapelle, oder? Na prima, dann können Sie mir sicher weiterhelfen.... ich habe gestern einen verirrten Musikanten in der Stubenstraße aufgelesen. Er war etwas orientierungslos, sie wissen schon, wie ich meine...", sie kicherte wie ein Mädchen.

"Jedenfalls hat der Arme seine Gruppe verloren und ich hab' ihn dann mit zu mir genommen, damit ich ihn etwas aufpäppeln kann", ein anerkennendes

Brummen von der anderen Seite. Sie schien es zu genießen, die Retterrolle zu spielen.

"Woher? Also dem Dialekt nach ist er ein Tiroler.
Er sagt, er kommt aus Bieberbach… Ach ja? Na das
ist ja einmalig… ich hole einen Zettel."

Schnell legte sie den Hörer hin und suchte alle
Schubladen der Kommode nach einem Zettel und einem Stift ab. Endlich fündig geworden streckte sie
Zettel und Kugelschreiber Johannes hin und ergriff erneut den Hörer.

"Ja dann sagen Sie mal an…"

Der Gesprächspartner sprach langsam jede Ziffer
vor und die Dame wiederholte die Zahlen laut, immer
mit einem bestimmenden Kopfnicken zu Johannes,
damit er ja alle Zahlen niederschrieb.

"Gut, dann versuchen wir mal, den Obmann zu erreichen. Vielen Dank, Herr Klingenschmid", schloss
sie das Gespräch und blickte Johannes stolz an.

"Er sagt, wir sollen den Obmann der Grazer Stadt-
musik anrufen. Er war in Kontakt mit allen teilneh-
menden Musikkapellen am Stadtfest und kann uns sicher die Nummer von deinem Obmann geben!"

Johannes war erleichtert. Immerhin einen Schritt
weiter waren sie.

"Sag an!" kommandierte sie ihn.

Johannes diktierte die Nummer langsam und etwas
lauter als nötig.

Das Telefon wählte. Nach viel zu vielen Sekunden
meldete sich endlich eine Stimme am anderen Ende.

Die Dame legte sogleich los: "Guten Morgen, Herr
Ebelsberger, hier spricht Frau Habicht. Entschuldigen
Sie die Störung am frühen Morgen, aber wir haben
hier eine Art Notfall!"

Übertrieben dramatisch färbte sich ihre Stimme. Die Person am anderen Ende schien aufzuhorchen.

"Es handelt sich um einen Tiroler Musikanten, der gestern beim Festumzug teilgenommen hat. Dem Armen ist schlecht geworden, oder sagen wir besser, er hat wohl seine Schmerzgrenze, was den Alkoholkonsum betrifft, mehr als überschritten..." sie kicherte wieder mädchenhaft. "Jedenfalls habe ich den jungen Mann mit zu mir genommen, um ihn aufzupäppeln und jetzt hat er überweise seine Musikkapelle verloren. Wissen Sie zufällig, wo die Tiroler Gastkapelle untergebracht ist oder haben Sie die Telefonnummer des Obmannes? Handy hat er nämlich auch keins mehr", fügte sie noch hinzu.

Die Stimme am anderen Ende schien amüsiert. Die Dame nickte mehrmals mit einem lauten und übertrieben süßen "Mhm" den Kopf und schaute Johannes mit großen Augen an.

Nachdem sie aufgelegt hatte verzog sie ihr Gesicht zu einem geheimnisvollen Lächeln.

"Frau Kommissarin Ursula Habicht war erfolgreich. Wir haben die Täter gefunden."

Ihre kleine Schauspieleinlage schien niemanden mehr zu unterhalten, als sie selbst. Johannes wartete geduldig auf nähere Informationen.

"Deine Musikkapelle nächtigt etwas außerhalb von Graz in einer Pension. Ich habe die Adresse und da bringen wir dich jetzt so schnell wie möglich hin. Der Grazer Obmann meinte, wir sollen uns sputen. Er glaubt, die Kapelle verlässt bestimmt noch am Vormittag die Pension."

18

Endlich klingelte um Punkt sieben Uhr der Wecker des Obmanns. Er war schon fix fertig herausgeputzt und saß in seiner Musikuniform auf dem Bett. Wie befürchtet, hatte er nach dem nächtlichen Radau kein Auge mehr zugetan. Er sehnte bereits die nachmittägliche Heimfahrt herbei. Doch galt es vorher noch, ein Frühschoppenkonzert im Festzelt zu spielen.

Den Koffer gepackt und geschultert machte er sich auf und warf noch einen letzten Blick in sein säuberlich hinterlassenes Zimmer.

Aus dem Frühstücksraum roch es bereits nach mildem Filterkaffee und knusprigen Semmeln. Das rege Besteckklappern und die verhaltenen Lachgeräusche ließen darauf schließen, dass es außer ihm noch ein paar überpünktliche Frühaufsteher innerhalb der Musikkapelle gab. Leider täuschte er sich darin gewaltig, waren es doch vielmehr die ruhelosen Nachtschwärmer, die noch immer keinen Fuß in ihr Bett gesetzt hatten.

Noch ehe er seinen Koffer in der beschaulichen Empfangshalle der Pension abstellen konnte, stürmte der Pensionsleiter herbei und winkte ihn bereits von weitem zu sich. "Das dürfte jetzt unangenehm werden", dachte sich der Obmann.

Diskret bat ihn der Pensionsleiter in sein Büro und bat ihm einen Sessel auf der gegenüberliegenden Seite seines Schreibtisches an. Offensichtlich rang er sehr mit sich, die richtigen Worte zu finden.

"Nun, es ist mir wirklich sehr unangenehm, aber Ihnen, als Obmann dieses Vereins, muss ich sagen, dass wir ein paar Probleme haben…"

Der Obmann setzte sich noch gerader hin, bereit, eine Welle an Vorwürfen zu hören.

"Lassen Sie es mich anders formulieren", fuhr der Pensionsleiter fort.

"In meiner gesamten Geschichte als Leiter dieser Pension - und wir reden hier von immerhin neunundzwanzig Jahren - gab es noch nie eine Gruppe, die derartige Schäden in nur einer Nacht hinterlassen hat!"

Der Obmann schluckte. Für mehr fehlten ihm die Worte."

"Ich weiß, Sie sind für keinen einzigen dieser Vorfälle verantwortlich, daher tut es mir auch wirklich leid, dass ich *Sie* damit konfrontieren muss, aber das ist eben leider Ihr Los…"

"Mir ist klar, dass einzelne unserer Musikkapelle heute Nacht die Grenzen eindeutig überschritten haben. Ich selbst wurde mehrmals aus dem Schlaf gerissen und habe versucht, Schlimmeres zu vermeiden, aber anscheinend ist es mir nicht gelungen", antwortete der Obmann.

"Wir werden selbstverständlich die komplette Verantwortung dafür übernehmen", fügte er hinzu.

"Gut, ich will Sie also mit den Fakten konfrontieren", begann der Pensionsleiter. "Zu allererst möchte ich sagen, dass die heutige Nacht auch ein Gutes hatte."

Der Obmann horchte auf.

"Glücklicherweise waren außer Ihrem Verein keine weiteren Gäste in der Pension. Unvorstellbar, mit welchen Beschwerden wir zu kämpfen hätten, wenn die gesamte Pension keinen Schlaf gefunden hätte. Man stelle sich nur die vielen negativen Bewertungen auf den Online-Portalen vor...", Der Pensionsleiter schüttelte nachdenklich den Kopf.

"Also kommen wir zu den Schäden, die wir *bisher* feststellen konnten. Fangen wir im Garten an. Dieser Teil ist der wohl Unappetitlichste..."

Nach dieser ernsten Unterredung war der Obmann fassungslos und sein Entschluss stand fest, dass dies der letzte Musikausflug gewesen sein wird, an dem er jemals wieder als Obmann teilnehmen wird. Vorher würde er sein Amt auf Nimmerwiedersehen ablegen.

Der Appetit war ihm schon nach der Schilderung über den Zustand des Gartens vergangen, also machte er einen weiten Bogen um den Frühstücksraum. Zu seinem Koffer in der Eingangshalle hatten sich mittlerweile zahlreiche weitere dazugesellt. Immerhin schien der Großteil der Kapelle verlässlich aufgestanden zu sein.

Der Busfahrer hatte den Bus bereits vorgefahren und ein Grüppchen von Rauchern stand draußen vor dem Bus und wartete auf die Abfahrt. Der Obmann gesellte sich zu ihnen und bat einen jungen, vorbildlichen Jungmusikanten, die übrigen Musikanten, die noch beim Frühstück saßen herbeizurufen. Der Bus sollte möglichst pünktlich in zehn Minuten abfahren.

Auch Florian stand draußen bei den Rauchern und zündete sich, um die Wartezeit zu verkürzen, eine Zigarette an. Obwohl er kaum geschlafen hatte, wirkte er frischer und zufriedener denn je. Zudem beteiligte er sich munter an den Gesprächen der anderen und wusste des Öfteren, eine lustige Bemerkung fallen zu lassen.

Das sorgte für Aufsehen, war Florian doch zu Beginn des Ausfluges grimmig und wortlos gewesen. Beim abendlichen Fest im Zelt war er außerdem kaum gesehen worden.

Ein besonders altkluger Kamerad konnte sich seine Bemerkung nicht verkneifen:

"Ja Florian, was ist denn mit dir auf einmal los? Eine schöne Nacht gehabt?"

Ein paar der anderen gaben ein trockenes Lachen hinzu.

"Wer weiß", gab sich Florian geheimnisvoll und lenkte vom Gesprächsthema ab.

Biggi und Theresa saßen beim Frühstück. Keine der beiden Freundinnen war besonders gesprächig. Sie kauten auf ihren zähen Marmeladesemmeln und versuchten, den heißen, bitteren Tee hinunter zu bekommen.

Biggi war erst ins gemeinsame Zimmer zurückgekehrt, als Theresa schon beide Koffer zusammengepackt und noch die letzten Trümmer ihres zerbrochenen Bettes geordnet hatte. Theresa hatte sogar die Bettwäsche abgezogen und in den Wäschecontainer im Stiegenhaus gegeben.

Da erst war Biggi aufgetaucht, vollkommen zerzaust und schläfrig, und hatte sich in die Musiktracht geworfen. Auch die letzten Feinschliffe, die sie sich im Badezimmer verpasst hatte, täuschten nicht darüber hinweg, dass sie wohl eine sehr wilde Nacht hinter sich gebracht hatte. Doch im Detail wollte sie sich dazu noch nicht äußern.

Nachdenklich rührte Theresa in ihrem Jogurtbecher und hielt unauffällig Ausschau im Frühstücksraum.

War Florian schon fertig? War er mit Absicht nicht zum Frühstück erschienen? Ging er ihr aus dem Weg?

"ABFAAAAHRT!", schrie der junge Thomas durch den Essenssaal. Diese übereifrigen Jungmusikanten konnten einem manchmal wirklich auf die Nerven gehen.

Vor dem Bus herrschte eine auffällige Unruhe. Theresa blickte erstaunt durch die Runden. Dabei fiel ihr Blick auf Florian, der sie frech anzwinkerte. Wurde sie in diesem Moment etwa rot? Schnell wandte sie ihren Blick ab.

Der Grund für den Aufruhr, so stellte es sich gleich darauf heraus, war eine quirlige Blondine, offenbar Grazerin, die sich mit ein paar kecken Bemerkungen durch die Musikanten schlängelte und mehrere Handküsse verteilte. Zum Schluss verabschiedete sie sich mit einem lauten Schmatzer bei Elmar. Ihr "Meld' dich bald, mein Schatz", konnte die gesamte Kapelle hören und sorgte für lautes Gelächter. Als sie das Pensionsgelände verlassen hatte und sich in ihr bestelltes Taxi gesetzt hatte, machten sich gleich ein paar über Elmar her. Das schien ihn nicht im Geringsten zu stören. Mit stolz geschwellter Brust verkündete er:

"Das wär' geschafft, weiter geht's!"

Die Musikanten luden die letzten Instrumentenkoffer in den Bauch des Busses und stiegen ein. Theresa saß im mittleren Drittel an einem Fensterplatz und wollte gerade einen Pullover neben sich legen, um für Biggi zu besetzen, als plötzlich...

"Darf ich?"

Schon saß Florian neben ihr. Sie hatte es kaum geschafft, ihre Hand unter ihm wegzuziehen.

Theresa stammelte: "Ja sicher... ähm... ich weiß nur nicht wegen Biggi..."

"Die sitzt hinten bei Gerry und schläft schon fast auf seiner Schulter weg...", antwortete Florian.

"Was, echt?" Theresa stand von ihrem Sitz auf und sah nach hinten. Tatsächlich lag ihre Freundin an Gerrys Schulter und kämpfte gerade mit einem Schal, den Sie zum Kopfkissen umfunktionieren wollte.

"Hatten wohl eine lange Nacht", schmunzelte Florian.

Theresa nickte verlegen.

Was war nur mit ihr los? Sie verhielt sich wie ein schüchternes Schulmädchen! Sie waren doch Erwachsene und konnten normal miteinander reden. Selbstverständlich durfte Florian neben ihr sitzen und eigentlich wollte sie das ja sogar! Aber irgendwie hatte sie einfach nicht damit gerechnet. War es nicht eigentlich sie, die die Erfahrung mit den Männern hatte? Sie lebte doch seit Jahren in einer Beziehung, woher kam plötzlich diese Scheu? Florian war ihr da offenbar viele Schritte voraus. Seine Lockerheit erstaunte sie. So hatte sie ihn bisher nicht wahrgenommen.

"Fit?", fragte er sie mit einem Lächeln.

"Geht so", gab sie frech zurück. "Irgendwer hat mir heute Nacht immer ins Ohr geatmet..."

"Ach so? Und das sagt die, die ihre eiskalten Füße an meine Beine gedrückt hat!"

"Hab' ich?" antwortete Theresa erschrocken.

"Ja, aber immerhin schläfst du nicht mit Socken", lachte Florian.

Sie gab ihm einen wortlosen Schubs und lehnte sich entspannt zurück.

Noch bevor der Bus sich in Bewegung setzte, ergriff der Obmann das Mikrophon für eine Durchsage:

"Guten Morgen allerseits. Ich hoffe, ihr habt gut geschlafen. Bitte schaut euch alle nach eurem Sitznachbarn um, damit wir niemanden vergessen."

Ein Brummen ging durch die Runde.

"Kurz zur Information: Einige wissen ja bereits, dass Johannes seit dem Festumzug verschwunden ist. Ich stehe seit heute Früh mit dem Obmann der Grazer in Verbindung. Er wird sein Bestes geben, nach Johannes zu suchen und uns auf dem Laufenden halten."

Bernhard schluckte. Bestand noch ein Funken Hoffnung, dass sein Neffe auftauchte und dieser Ausflug nicht in einem Desaster für ihn endete?

"So, und nun zu einem noch weniger erfreulichen Thema", der Obmann bemühte sich, die Ruhe zu bewahren.

"Leider ist einigen Personen unter uns nicht mehr klar, dass es gewisse Grenzen gibt. Vor allem dann, wenn man nicht Zuhause ist."

Noch nie war es im Bus so mucksmäuschenstill gewesen.

"Es ist eigentlich nicht meine Art, große Standpauken zu halten, aber heute muss es leider sein. Es freut mich, wenn ihr gestern einen lustigen Abend hattet, aber irgendwo ist Schluss mit lustig. Vor allem dann, wenn Gegenstände ernsthaft beschädigt werden, die Nachtruhe der Gruppe von einzelnen bewusst ignoriert wird und wenn ich heute erfahren muss, dass unsere Kapelle auf ewig Hausverbot in einem Betrieb erhält. So etwas ist mir in zig Jahren als Obmann noch nie passiert…"

Nun breitete sich doch wieder allgemeines Gemurmel im Bus aus. Ganz still blieb es hingegen im hintersten Drittel.

"Es fällt mir nicht leicht, aber ich muss euch mitteilen, dass ein paar von uns mit schweren Konsequenzen zu rechnen haben. Die Kosten für die Schäden, die heute Nacht verursacht wurden, trägt auf keinen Fall die Musikkapelle."

Ein paar zustimmende Ausrufe ertönten von den älteren Semestern.

"Ich appelliere an dieser Stelle an eure Ehrlichkeit und Kameradschaftlichkeit. Nach diesem Ausflug werden wir eine Sitzung einberufen, zu der ich jeden, der an diesen nächtlichen Aktionen beteiligt war, ob unfreiwillig oder freiwillig, auffordere zu erscheinen. Dann werden wir gemeinsam an einer Lösung arbeiten."

Die Stimmung im Bus war eisig.

"So und nun will ich allen anderen, die wie immer nichts dafür können, nicht die Stimmung vermiesen. Wir fahren jetzt wieder zum Festzelt bei Graz und spielen ein gemütliches Frühschoppenkonzert. Danach haben wir genug Zeit zum Essen und einen geselligen Ausklang. Um 16:00 Uhr treffen wir uns dann wieder beim Bus und fahren zurück nach Tirol. Bitte seid pünktlich, damit wir noch vor Mitternacht zu Hause ankommen. Ein paar müssen ja morgen arbeiten..."

Der Bus fuhr ab. Bald füllten sich die Stuhlreihen auch schon wieder mit munteren Gesprächen, ein paar fröhlichen Liedern und dem klassischen, musikantischen Aroma.

19

Das Festzelt sah aus wie neu. Keinerlei Spuren deuteten mehr darauf hin, dass am Abend zuvor bis in die frühen Morgenstunden ausgelassen gefeiert wurde. Dafür ernteten die Organisatoren des Musikfestes allgemeinen Respekt und Hochachtung seitens der Tiroler Gastkapelle. Es herrschte bereits ein reges Treiben unter den Angestellten. In der Küche brutzelte Bratfett und die Kellner arrangierten Besteckkrüge und Speisekarten auf den Tischen.

Die eintreffenden Tiroler wurden vom Hauptorganisator euphorisch in Empfang genommen. Er erwartete sich besonders großen Besucherandrang durch das Konzert der exotischen Gäste. Freundlich geleitete er die Musikanten auf die Bühne, rückte Stühle und Notenständer zurecht und packte fleißig mit an, das Schlagzeug zu platzieren.

In der Zwischenzeit füllte sich langsam der Bauch des Festzeltes mit den Kirchengängern, die, nach Abschluss der Sonntagsmesse, den direkten Weg zum Frühschoppenkonzert gewählt hatten.

Der Kapellmeister sah prüfend in die Runde seiner Musikanten. Bis auf Johannes waren alle da.

"Dass gerade der erste Trompeter fehlen muss...", dachte er sich genervt.

Wenigstens sahen die Herren am Flügelhorn recht frisch und munter aus, also sollten sie es schaffen, die fehlende Trompetenstimme etwas auszugleichen. Ein mulmiges Gefühl bekam er zudem beim Anblick der Schlagzeuger. Die drei Burschen schauten aus, als hätten sie die ganze Nacht keine Minute geschlafen.

Ob sie es schaffen würden, den Marsch gemeinsam einzuschlagen? Der Kapellmeister war skeptisch.

Doch wie es für Musikanten üblich war, steckten sie Schlafmangel, Restalkohol, persönliche Befindlichkeiten und körperliche Gebrechen gänzlich weg, sobald der Kapellmeister den Taktstock hob. Auch wenn die Konzentration beim ein oder anderen Musikstück nicht ganz auf der Höhe war, präsentierte sich der Klangkörper in seiner Gesamtheit recht passabel.

Ein großer Vorteil für die Bieberbacher war sicherlich die Akustik im Festzelt. Bei dem allgemein hohen Lärmpegel, verursacht durch die Besucher, die Grillplatten, Zapfanlagen, Kinderhorden und der Musik aus der angrenzenden Weinlaube, konnten kleine Patzer gar nicht ganz wahrgenommen werden. Nur einmal vergaßen die hohen Bläser bei einem recht bekannten Marsch die Wiederholung des Trios, doch der Sprecher der Musik, charmant und spontan wie immer, hatte für die Besucher sogleich eine Erklärung parat und forderte sie auf, beim nächsten Mal lauter mit zu singen, ansonsten würde die Kapelle fortan alle Märsche frühzeitig abbrechen.

Die Menge applaudierte und lachte hellauf. Der Aufforderung folgend, stiegen einige Besucher auf die Tische und machten sich gesangsbereit.

Diese Situation nutzte der Kapellmeister gekonnt für den Marsch der Märsche: *Dem Land Tirol die Treue*. Die weitum bekannte, unangefochtene inoffizielle Landeshymne der Tiroler. Das Zelt tobte. Von einer Tiroler Kapelle hatten sie diesen Traditionsmarsch noch nie hören dürfen.

Bernhards Blick wanderte während des ganzen Konzertes gespannt durch die Besucherreihen. Vielleicht passierte es ja doch noch und Johannes tauchte plötzlich inmitten der Menge auf, mit einer abenteuerlichen Geschichte im Gepäck, was ihm in der letzten Nacht zugestoßen war. Tief in Gedanken versunken merkte Bernhard gar nicht, dass er ein ganz anderes Stück aufgelegte hatte, als seine Musikkollegen. Erst der unsanfte Seitenhieb seines Sitznachbarn holte ihn zurück in die Gegenwart.

Nach der Hälfte des Konzertprogrammes leitete der Sprecher die wohlverdiente Verschnaufpause für die Musikanten ein. Der kurze Ruhemoment wurde schon sehnlichst herbeigesehnt. Die Nacht war an den meisten Bieberbachern doch nicht spurlos vorübergezogen.

Besonders leidend sahen die Schlagzeuger aus. Sie hatten ja zu allem Überfluss auch die ungerechte Lage, dass sie im Stehen spielen mussten. Schwer ließen sie sich in der Pause auf eine Bank fallen und stützten die glühenden Schädel auf ihre Arme. Das "Reparaturbier", das ihnen kurz darauf eine junge, freundliche Kellnerin vor die Nase setzte, wurde dankend entgegengenommen. Es war allgemein anerkannt: ein kleines Bier nach einer feuchtfröhlichen Nacht beseitigt alle Beschwerden.

Der Obmann nahm dies nur ungern zur Kenntnis. Denn auch wenn so ein Reparaturbier die Laune wieder schlagartig hebt, so hebt es auch unweigerlich wieder den Alkoholspiegel im Blut und sorgt bestimmt wieder für überflüssige Aktionen. Die Heimfahrt dürfte sich also wieder herausfordernd gestalten.

Auffallend locker unterhielten sich Florian und Theresa, die neben der Bühne an einem Stehtisch lehnten und einen kühlen Radler genossen. Alkohol am Vormittag? So mancher wunderte sich über Theresa, die sonst um diese Uhrzeit eher mit einer Tasse Kaffee und einem Stück Kuchen gesichtet wurde. Doch heute schien sie in bester Verfassung und sehr gewillt, diese Stimmung aufrecht zu erhalten.

Florian fühlte sich prächtig. Seine Unzufriedenheit vom Vortag war wie verflogen. Er glaubte plötzlich wieder daran, dass dieser Ausflug in Erinnerung bleiben würde. Er hatte immerhin die ganze Nacht bei Theresa verbracht, die letzten Stunden sogar in ihrem Bett!

Heute Morgen war sie ihm anfangs etwas verschlossen und unsicher vorgekommen. Doch er hatte sich erwachsen verhalten und sie gleich wieder in ein Gespräch verwickelt. Auch auf sein Verhalten im Bus war er mächtig stolz. Dass er sie damit derart überraschen würde, hatte er sich anfangs nicht ausmalen können. Und dabei war sein Plan, sich den Platz neben ihr zu angeln, strengstens durchdacht gewesen. Er hatte Gerry sogar einweihen müssen und ihn gebeten, er möge doch Biggi schon draußen vor dem Bus fragen, ob sie sich zu ihm sitzen wolle, damit Biggi gar nicht erst auf die Idee käme, sich neben Theresa zu setzen.

Somit war das Feld für ihn geräumt. Auch im Bus hatte er sich große Mühe gegeben, sie mit lockeren Gesprächen bei Laune zu halten und ihr zu signalisieren, dass alles zwischen ihnen in Ordnung, nein, im Gegenteil, dass es zwischen ihnen mehr als nur *nett* zugehen konnte.

Die Sitze in dem etwas in die Jahre gekommenen Bus waren schmal, also ließ es sich nicht vermeiden, dass man ab und zu seinen Sitznachbarn streifte. Diese Nähe war für Florian sehr angenehm. Für Theresa offenbar auch, sonst hätte sie sich sicher weiter ans Fenster gedrückt. Florian malte sich bereits Szenarien aus, was denn auf der Heimreise noch alles passieren könnte...

Die Pause war vorbei und der Kapellmeister bat die Musiker wieder auf die Bühne. Der zweite Teil des Frühschoppens stand bevor und sollte den Zuhörern im Zelt noch einmal richtig einheizen. Traditionelle Gassenhauer-Polkas mischten sich zu altbackenen Schlagern und ein paar abgedroschenen Pop-Medleys. Die Menge tobte und der Sprecher war schon beinahe heiser, so euphorisch hatte er versucht, das Publikum mit seinem "Hoi - hoi - hoi" oder "Und jetzt alleeee!!!" zu animieren.

Dies verschaffte dem Obmann eine kleine Erleichterung. So schlecht die Kapelle dem Pensionsleiter auch in Erinnerung blieb, die Grazer zumindest würden sich an die Bieberbacher Gastmusik bestimmt positiv zurückerinnern. Ob die Blaskapelle jemals wieder eine Einladung nach Graz erhalten und annehmen würde? "Sicher nicht unter meiner Führung", war sich der Obmann gewiss.

Nach zwei Zugaben und einem inbrünstigen "Ein Prosit der Gemütlichkeit", legten die Musikanten endlich ihre Instrumente nieder und übergaben die Bühne an ein semiprofessionelles Unterhaltungstrio. Kaum hatten sich die Bieberbacher an ihre Tische gesetzt, standen auch schon Bierkrüge in rauen Mengen auf den Tischen und der Reihe nach gesellten sich duftende Grillhendl dazu. Gegessen wurde selbstverständlich mit den Fingern. Auf diese Weise ließ sich das zarte Fleisch doch viel einfacher von den feingliedrigen Knochen lösen. Außerdem schmeckte die aromatische Fleischwürze noch besser, wenn sie von den eigenen Fingern geleckt werden konnte.

Der Obmann ging noch einmal pflichtbewusst die Runde, tippte demonstrativ auf seine Armbanduhr und machte die Musikanten darauf aufmerksam, dass der Bus pünktlich in eineinhalb Stunden vom Parkplatz abfahren werde. Aus den müden und erschöpften Gesichtern kam ihm ein gehorsames Nicken entgegen. Doch darauf konnte man sich in Kreisen wie diesen niemals verlassen. Das wusste er nur zu gut.

20

War sie nun Grazerin oder nicht? Johannes verlor die Geduld. Seit Stunden lief er an der Seite seiner glorreichen Retterin durch irgendwelche Gassen, von einer Straßenbahnhaltestelle zur nächsten, um dann jedes Mal orientierungslos auf den Fahrplänen zu lesen und sich zu ärgern, dass sie um ein Haar die letzte Bahn verpasst und wieder zwanzig Minuten auf die nächste warten mussten.

"Am Sonntag kannst du die Öffis vergessen!", jammerte die alte Dame.

Obwohl sie am Morgen so übereilig und hektisch mit Johannes im Schlepptau das Haus verlassen hatte, in der Hoffnung, ihn noch rechtzeitig seiner Musikkapelle auszuhändigen, hatte sich schon nach wenigen Metern eine fast lähmende Gelassenheit in ihr breit gemacht.

Mit städtischem Stolz und sonntäglicher Eleganz trug sie ein kleines Hütchen schräg auf dem Kopf, nach dem sie immer wieder prüfend langte. Fast so, als wolle sie stolzieren, streckte sie beim Gehen ihr Kinn in die Höhe und begrüßte entgegenkommende Passanten mit einem verklärten Kopfnicken.

Sie verhielt sich so überzeugend wie eine Grazerin, dass Johannes keine Sekunde daran gezweifelt hatte, dass sie sich in der Stadt gut auskannte. Doch spätestens nach der zweiten Umstiegshaltestelle, an der sie fünfundzwanzig Minuten auf den Anschluss warten mussten, wurde ihm klar, dass er möglicherweise nicht in den besten Händen gelandet war.

Es war unerträglich heiß in der Stadt. Johannes hatte die Musiktracht an, etwas anderes zum Anziehen hatte er ja nicht bei sich. Zum etwa zweihundertsten Mal holte er sein Mobiltelefon aus der Hosentasche und drückte wahllos herum. Keine Reaktion. Sein Display blieb schwarz. Die Dame hatte unglücklicherweise ein Mobiltelefon aus einem früheren Jahrzehnt, also auf keinen Fall ein kompatibles Ladegerät, das er hätte ausleihen können.

Es wäre alles so viel einfacher, wenn er sein Handy nehmen, seinen Onkel anrufen und alles selbst in die Hand nehmen könnte. Doch er war auf die Hilfe der Grazerin angewiesen und konnte sich kaum ausmalen, was passierte, wenn er den Bus nach Hause verpasste. Er hatte ja auch keinen Cent eingesteckt!

Endlich kam die gewünschte Straßenbahn. Die Dame grüßte den Fahrer wie immer höflich und setzte sich gleich auf die erste Bank hinter ihm, um ihn in ein angeregtes Pläuschchen zu verwickeln. Johannes gesellte sich brav daneben. Die Straßenbahn ruckelte bequem vor sich hin und ließ die engen Straßen hinter sich. Die Häuserreihen lichteten sich Meter für Meter und nach etwa fünfzehn Minuten schienen sie die Innenstadt hinter sich gelassen zu haben.

Mitten im Nichts drückte die Dame den Halteknopf und hob sich gemächlich von ihrem Sitz. "Aussteigen", herrschte sie Johannes an. Er folgte alsgleich.

Es waren noch etwa hundert Meter bis zu dem grünen Hügel, auf dem das Festzelt thronte. Bereits aus dieser Entfernung konnte man das Frühschoppenkonzert der Musikkapelle Bieberbach hören. Sie spielten gerade einen zünftigen Marsch, für Johannes ein Zeichen, dass das Konzert wohl schon das Ende erreichte.

Die ältere Dame war vor Aufregung errötet. Sie war stolz darauf, dass sie den verschollenen Musikanten heil wieder zu seinen Kollegen zurückbringen konnte. Aufmunternd klopfte sie Johannes auf die Schulter: "Siehst du, jetzt ist alles nochmal gut gegangen. Bald bist du wieder bei deinen Kollegen und brauchst dir keine Sorgen mehr zu machen, wie du nach Hause kommst…"

Johannes nickte stumm. Plötzlich war ihm alles andere als wohl ums Herz. Was würden die Kollegen sagen, wenn sie ihn so erblickten? Sichtbar mitgenommen vom gestrigen Trinkgelage, in seiner abgewetzten Uniform, mit der er weiß Gott wo gelegen hatte, leichenblass   wegen   seinem   flauen   Magen, eingeschüchtert und dann auch noch als Anhängsel einer großmütterlichen Alten? Diese Schmach wollte er mehr als alles andere auf der Welt vermeiden. Deshalb blieb er abrupt stehen und drehte sich zu der Dame.

"Also, ich möchte mich noch einmal ganz herzlich bei Ihnen bedanken. Sie haben mir echt eine Menge Ärger erspart..."

"Ach, nichts zu danken! Aber es soll dir eine Lehre sein!", antwortete die Alte schnell und machte sich wieder auf den Weg Richtung Zelt.

Johannes blieb auf der Stelle stehen.

"Na was ist, kommst du nicht?" Die Alte sah ihn fragend an.

Johannes zögerte.

"Ja, also... Sie müssen mich aber nicht unbedingt begleiten. Von hier aus finde ich den Weg schon allein..."

"Nichts da! Das hatten wir ja schon, wo du hinfindest, wenn man dich allein durch Graz laufen lässt. Von Orientierung keine Spur! Wer weiß, wo du wieder landest!"

"Aber das Zelt ist ja direkt da vorne!" Johannes wurde ungeduldig.

"Ja eben, und deshalb geh' ich das kleine Stückchen noch mit und lass' dich erst alleine, wenn ich weiß, dass du bei den richtigen Leuten angekommen bist. Immerhin hab' ich mit dem Grazer Obmann am Telefon ausgemacht, dass ich dich persönlich zu deinen Kollegen bringe..."

Johannes verdrehte die Augen. Da war wohl nichts zu machen. Dieser Blöße musste er sich wohl oder übel aussetzen.

"Dieser Bengel", dachte die Frau. "Da kümmert man sich die ganze Nacht um ihn, zieht ihn um und wascht ihn, stellt ihm Bett und Bad zur Verfügung und dann spricht nur Undankbarkeit aus ihm. Von Anstand keine Spur! Wenigstens seine Musikkameraden werden wissen, wie man sich anständig erkenntlich zeigt", freute sie sich auf die nahende Übergabe und beschleunigte ihren Schritt.

Im Zelt war es dampfig und schwül. Die elegante Grazerin rümpfte beim Eintreten in das Festzelt ihre gepuderte Nase. Trotzdem ging sie fest entschlossen durch die Eingangspforte und blickte sich gespannt um.

Johannes folgte ihr unmotiviert. Ihm graute vor dem Wiedersehen mit seinen Kollegen. Sicherlich würden sie ihn alle jahrelang damit aufziehen, dass er einfach verschwunden war und von einer alten Frau, quasi 'an der Hand', zurückgebracht worden war. Auf der Bühne sang ein Trio von lokaler Berühmtheit herkömmliche Schlager und Volksmusikhits. Das Konzert der Bieberbacher war offenbar schon vorbei. Immerhin würde dann nicht das gesamte Zelt mitbekommen, dass ein Abkömmling der Kapelle erst jetzt zurückfand.

"Da vorne sitzen sie!", kreischte die Grazerin voller Freude und zeigte mit ihrem lackierten Finger in die vordersten Bankreihen. Johannes wurde ganz flau im Magen. Am liebsten hätte er auf der Stelle kehrt gemacht und sich in das nächstbeste Taxi geworfen.

Zu allem Überfluss packte ihn die Alte an der Schulter und schob ihn durch das Zelt.

"Führ' mich gleich direkt zu eurem Obmann, damit ich mich bei ihm vorstellen kann", hauchte sie ihm ins Ohr.

Johannes blickte um sich. Der Obmann saß nicht bei den anderen. Er musste also entweder gerade bei den Essens- oder Getränkeständen sein oder ein Geschäft erledigen.

"Er ist nicht bei den anderen", klärte Johannes sie alsbald auf. "Schauen wir gleich bei den Getränkeständen nach. Vielleicht ist er auch in der Weinlaube…"

Der Grazerin stand die Enttäuschung ins Gesicht geschrieben. So sehr hatte sie sich auf einen heldenhaften Auftritt gefreut. Geknickt folgte sie Johannes, der plötzlich einen ungewohnt flotten Schritt vorgab.

Weit kamen sie nicht, als Johannes hinterrücks von einer kräftigen Hand an der Schulter gepackt wurde. "Ja wenn das nicht unser Johannes ist!"

"Hallo Gerry", antwortete Johannes ganz schüchtern.

Hinter Gerry stand eine rotwangige, offenbar auch von einer harten Nacht lädierte Musikantin, die sofort loskicherte:

"Na wo hast du dich denn die ganze Nacht herumgetrieben? Bist es wohl noch nicht gewöhnt gewesen, so einen richtigen Musiausflug!"

Johannes zuckte nur die Schultern.

"Guten Tag, die Herrschaften", meldete sich die Grazerin zu Wort. "Können Sie uns zu Ihrem Obmann bringen?"

Viel zu formell kam Johannes diese Ansprache vor. Er schämte sich für seine unliebsame Begleiterin.

"Jawohl", gab Gerry folgsam zurück und deute eine freche Verbeugung an.

Biggi kicherte weiter und machte sich sofort auf, die freudige Botschaft über Johannes' Rückkehr den Musikkollegen zu verkünden.

Das Unheil nahm seinen Lauf. Gerry schien nicht so recht zu wissen, wo der Obmann war. Trotzdem gab er sich professionell und mindestens ebenso förmlich wie die Alte. Sie schien es nicht zu merken, dass sie auf den Arm genommen wurde und trippelte ihm folgsam hinterher, Johannes mit gesenktem Kopf ebenso.

Endlich sichteten sie den Obmann. Er betrat soeben das Zelt. Wahrscheinlich kam er gerade von einem stilleren Örtchen zurück.

Gerry machte ihn mit einer ausfallenden Geste auf seine Begleiter aufmerksam. Der Obmann war völlig verblüfft und startete sogleich in ihre Richtung.

"Das gibt es ja nicht", stieß er bei Johannes' Anblick aus. "Da ist er ja! Wurde ja auch langsam Zeit, sonst wärst du jetzt einfach in Graz zurück geblieben..."

Mit einem auffälligen Räuspern machte die Grazerin auf sich aufmerksam und streckte dem Obmann ihre Hand hin.

"Gestatten Sie, mein Name ist Ursula Habicht. Ich habe den jungen Mann gestern Mittag aufgegabelt."

"Ach so? Wie denn das?", richtete sich der Obmann an Johannes.

Die Grazerin fühlte sich offenbar mehr angesprochen und antwortete: "Wahrscheinlich hatte er schon zu viel intus, sei's von der langen Anfahrt, oder sonst woher... jedenfalls muss ihm in der Mittagshitze schlecht geworden sein. Zum Glück war ich gerade in der Nähe, als er etwas außerhalb der Altstadt kollabierte und ich konnte ihn zu mir bringen, wo ich ihn dann aufgepäppelt habe…"

So ganz hielt der Obmann diese Geschichte nicht für glaubwürdig. Dennoch nickte er der Dame anerkennend zu. "Herzlichen Dank… nicht auszudenken, wie das alles ohne Ihre Hilfe ausgegangen wäre…"

"Ach, das ist doch selbstverständlich! Ich wusste doch gleich, dass der junge Mann zu der Tiroler Gastkapelle gehören musste. Dieses unüberhörbare '*K*', als er ständig erwähnte, er müsse 'kkkotzen', gibt es wohl nur in Ihrem Dialekt", sie kicherte selbstgefällig über ihren geschickt platzierten Seitenhieb auf Johannes.

Das Redebedürfnis der Alten nagte langsam auch am Geduldsfaden des Obmanns. Sie erzählte ihre Version der letzten Nacht bis ins letzte Detail, von Johannes' Rettung, über seine Entkleidung bis hin zur Kontaktaufnahme mit dem Grazer Obmann. Auf letzteres war sie besonders stolz.

"Nun gut," unterbrach der Obmann. "Wir sind Ihnen wirklich zu Dank verpflichtet. Leider ist unser Konzert schon zu Ende, sonst hätten wir Sie sofort einen Marsch dirigieren lassen. So können wir Ihnen nur ein Schnapserl von unseren Marketenderinnen anbieten…"

Dankend winkte die Alte ab. "Ich trinke nicht… sieht man ja, wozu das führt".

Wieder blickte sie boshaft zu Johannes. "Aber ich hätte da eine andere Idee, wie Sie sich revanchieren könnten…"

Der Obmann horchte auf und Johannes glühten vor Scham und unangenehmer Vorahnung die Ohren.

"Was halten Sie davon, wenn ich Sie mal in Tirol besuche. So ganz offiziell als Ehrengast auf einem Ihrer Konzerte. Da hole ich den versprochenen Marsch gerne nach. Und sicher hat Johannes ein Gästezimmer anzubieten, in das ich mich einquartieren kann..." Schmunzelnd gab Gerry ihm einen Stoß in die Seite.

"Ja... ähm... das ist eher schlecht, weil...", stammelte Johannes.

"Da finden wir schon einen Weg, lassen Sie uns einfach Ihre Telefonnummer aufschreiben...", rettete der Obmann Johannes aus seiner Lage.

Die Dame hatte schon ein säuberliches Visitenkärtchen parat und reichte es dem Obmann. "Am Vormittag erreichen Sie mich oft schlecht, sollten Sie wissen, da arbeite ich oft ehrenamtlich im Seniorenheim..."

"Schon gut", unterbrach der Obmann. "Das bekommen wir schon hin. Wir müssen jetzt aber langsam weiter, damit wir pünktlich zum Bus kommen, Ihre Kontaktdaten habe ich und Sie hören von mir. Nochmals herzlichen Dank!", er schüttelte ihr noch schnell die Hand und schon stampfte der Obmann davon. Gerry folgte ihm sofort und gab nur noch ein kurzes "Ciao" von sich.

Johannes war wieder mit der Dame allein und fühlte sich wie ein Häufchen Elend. Nie wieder würde er einen Tropfen Alkohol anrühren, schwor er sich. Die Dame schien etwas enttäuscht. Sicher hatte sie sich größere Anerkennung erwartet.

"Nun gut Johannes, es wird wohl auch für mich langsam Zeit..." sie wirkte etwas wehmütig, als müsste sie ihren Lieblingsenkel auf unbestimmte Zeit verabschieden.

"Vielen Dank für alles", stammelte Johannes vor sich hin, konnte ihr aber nicht einmal in die Augen schauen.

"Pass' gut auf dich auf, damit du nicht wieder verloren gehst. So etwas könnte sehr böse enden", sagte die Alte.

Sie blickte ihn an, überlegte kurz und drückte ihn dann kräftig zu sich. So eine Umarmung war für Johannes nun eindeutig zu viel und er schüttelte die Frau schnell ab.

"Ich muss dann mal…"

Die Frau nickte und schloss mit einem "Ich freue mich auf ein Wiedersehen". Dann ging sie aus dem Zelt und war endlich weg.

21

Er wollte es schnell hinter sich bringen: Einfach zu den anderen hingehen, einem Kollegen lässig auf die Schulter klopfen, sich auf die nächste Bierbank quetschen und der Kellnerin mit einer fordernden Handbewegung eine Bierbestellung übermitteln. Vielleicht noch mit einem "Was geht" den Auftritt abrunden.

Doch Johannes war schon überfordert damit, auch nur in die Nähe seiner Musikkollegen zu treten. Sicher hatte Gerry schon allen von seiner Rückkehr an der Seite der Alten erzählt und alle hatten sich köstlich darüber amüsiert. Sollte er nicht einfach vor dem Zelteingang auf die anderen warten, sich unauffällig

unter die Menge mischen und in den Bus setzen, als
wäre er nie weg gewesen?

Das konnte er alles vergessen.

Es dauerte keine zwei Minuten, da stürmten die
Schlagzeuger auf ihn zu. Jene Kameraden, die ihn am
Vortag auf der hintersten Sitzbank im Bus besonders
animiert hatten, seinen Einstand gebührend zu begie-
ßen. Wie junge Springböcke kamen sie auf ihn zu,
umkreisten ihn und klopften ihn neckisch an etlichen
Körperstellen.

"Johannes! Du leeeeebst?"

"War wohl doch etwas zu viel für den Anfang,
was?"

"Wo war er denn, die ganze Nacht, der Schlingel?"

Alle redeten durcheinander und jeder hatte sich an-
geblich schon seine eigene Version der mysteriösen
Geschichte rund um das Verschwinden des jungen
Aushilfstrompeters zusammen gesponnen.

"Schnapserl?" zwei Marketenderinnen, der Tracht
nach in Graz ansässig, rissen die wilde Tiroler Gruppe
aus ihrem Freudentaumel und boten ihre heimischen
Fruchtschnäpse von angeblich besonderer Qualität an.

"Aber sicher! Der Johannes kann sicher eins vertragen", antwortete gleich einer und bestellte eine
Runde.

Johannes drehte sich beim Gedanken an einen
Schnaps fast der Magen um. Er hatte nichts gegessen.
Immer noch plagte ihn der flaue Magen, den er in der
Nacht mehrmals entleert hatte. Doch wollte er seinen
Kameraden nicht noch mehr Gründe geben, ihn auf-
zuziehen. Und so kam es dazu, dass Johannes wider
Willen einen "Reparaturschnaps" zu sich nahm, noch

einen zweiten vertrug und schließlich die dritte Runde selbst anschaffte.

In dreißig Minuten sollte der Bus abfahren. Das Zelt war immer noch zum Bersten voll und vor allem an den Musikantentischen herrschte eine Stimmung jenseits von Aufbruchsfreude. Die Geschehnisse der letzten Nacht beherrschten die Gespräche. Details wurden ausgetauscht, über Gerüchte spekuliert und vor allem viele weitere Getränke konsumiert.

Ganz stolz erzählte Elmar von seiner wilden Nacht. Die blonde Grazerin, die die Nacht bei ihm verbracht hatte, werde ihn so schnell nicht mehr vergessen, prahlte er. Ein Musikant wagte zu fragen, ob seine Frau je davon erfahren würde.

"Natürlich nicht", entgegnete Elmar mit einem Augenzwinkern. "Was in Graz passiert, bleibt in Graz", schloss er und erntete dafür allgemeine Zustimmung.

Sofort wurde dieser Wortlaut zum gemeinsamen Motto erkoren und weitere Gerüchte kamen zur Sprache.

Gerry und Biggi waren schon länger nicht mehr gesehen worden. Gerry war vorhin kurz zu den Musikkameraden gekommen und hatte lauthals von Johannes' Rückkehr berichtet. Da er aber keine weiteren Informationen über dessen Abenteuer der letzten Nacht besaß, war es auch keinem aufgefallen, dass er sich gleich darauf mit Biggi aus dem Staub gemacht hatte.

"Hoffentlich schaffen sie es bis in einer halben Stunde zum Bus", sagte eine Klarinettistin stirnrunzelnd. Sie konnte sich niemals vorstellen, Gerry auch nur anzufassen. Und von Biggi war sie der Meinung, diese hatte sich auch immer abfällig über Gerry geäußert. Der Gedanke an die beiden schüttelte sie. Hatte

Biggi in Graz alle Würde verloren? Und außerdem… hatte Biggi nicht auch einen Freund?

Zwischen Getränkeausgabe und Tischreihen an einem der Stehtische standen Florian und Theresa. Ihren Radler hatten die beiden mittlerweile gegen einen weißen Spritzer getauscht. Die rote Gesichtsfarbe von Theresa und die unübersehbaren Augenringe von Florian konnten nicht darüber hinwegtäuschen, dass auch sie eine viel zu kurze Nacht hinter sich gebracht hatten.

Einige Musikanten munkelten bereits, was denn in Theresas Zimmer passiert war, nachdem Biggi die Nacht offenbar nicht bei ihr verbracht hatte. Selbst ein völlig Unbedarfter hätte beim Anblick der beiden am Stehtisch vermuten können, dass hier eine gewisse Spannung in der Luft lag.

Florian machte diese Spannung sehr zu schaffen. Deshalb suchte er etwas Entspannung im Weißwein. Auch Theresa konnte etwas Prozentiges nicht schaden.

Florian kam einfach nicht recht dahinter, was er eigentlich wollte. Wie sollte es zwischen ihnen weiter gehen? Sie hatten nun eine Nacht zusammen verbracht. Redend und später nebeneinander schlafend. Sonst nichts. Am Morgen waren sie getrennte Wege gegangen und hatten sich im Bus wieder getroffen. Redend und sitzend. Wieder nichts.

Ein paar Zweifel von Theresa über ihre momentane Beziehung zu ihrem Freund waren bei den vielen Gesprächen schon herauszuhören gewesen. Aber bedeutete das nun, dass Florian Chancen hatte? Machte es Sinn, sich um eine Frau zu bemühen, die im absoluten Gefühlschaos steckte? Und überhaupt, was würde dieser Ausflug für Spuren hinterlassen, außer mächtigen Kopfschmerzen am nächsten Tag und vielleicht ein nötiger Besuch in der Reinigung für seine Musiktracht?

"Genieße den Moment", stand als Werbespruch auf einem Bierdeckel, den er zwischen den Fingern herumbalancierte. Ein unverkennbares Zeichen von Oben, dachte er sich schmunzelnd.

Theresa genoss die Lockerheit, die sie seit der letzten Nacht spürte. Irgendwie tat ihr dieses Graz gut. Sie hatte etwas Abstand zu ihrer Alltagsroutine bekommen und sah nun einiges in ihrem Leben in einem anderen Licht. So aufregend und begehrt hatte sie sich schon lange nicht mehr gefühlt. Gestern der Hornist aus Graz und dann später noch Florian, der sich offenbar bis heute mächtig ins Zeug legte, um ihr zu imponieren.

Ihr Freund war am heutigen Tag wie vergessen. Auch wenn sie der nächtliche Überfall der betrunkenen Horde, dem ihr Bett zum Opfer gefallen war, sehr geärgert hatte, konnte sie schon kurz darauf herzlich darüber lachen.

Dass Florian die restliche Nacht bei ihr geblieben war und sogar im selben Bett geschlafen hatte, war ebenfalls ein herrlich abwechslungsreiches Abenteuer. Der Musikausflug ist ein Ausnahmezustand, musste sie sich eingestehen. Deshalb tut er auch so wahnsinnig gut. Am liebsten wollte sie noch ein paar Tage dranhängen.

Das dachten sich auch die anderen Musikanten. Doch da es absolut keine Aussicht auf eine tageweise Verlängerung gab, kämpften sie immerhin um jede

Minute. Die Strategie lautete wie folgt: Jedes Mal, wenn der Obmann mit dem Hinweis kam, der Bus fahre in dreißig, in zwanzig, in zehn und so weiter Minuten ab, hoben die Musikanten ihre Gläser und deuteten auf den Restinhalt. Dieser betrug meist ein halbes oder maximal ein zweidrittel Bier.

Kritisch beäugte der Obmann die Getränkemenge und setzte anschließend einen strengen oder einen erleichterten Gesichtsausdruck auf, je nachdem. Was er jedoch nicht verhindern konnte war, dass zwischen seinen Kontrollgängen meist etwas nachgeschenkt wurde.

Einige Musikanten sorgten bereits für die Busfahrt vor und kauften flaschenweise Weine in der Weinlaube oder ließen sich wohl überlegt das Bier in Plastikflaschen umfüllen. Zwar gab es unterwegs an jeder Tankstelle Bier, aber man wusste ja nie, wie oft der Obmann einem kurzen Zwischenstopp zustimmen würde.

Dem Risiko, auch nur eine Minute im Trockenen zu sitzen, wollten sich die Musikanten nicht aussetzen.

Auch Florian hörte bereits die Uhr bis zur Abfahrt ticken. Es waren noch zwanzig Minuten, auch wenn man ruhigen Gewissens noch einmal dreißig Minuten Puffer dazurechnen konnte. Es waren ja Musikanten und deren Uhren tickten bekanntlich anders.

Dennoch wusste er, dass auch für ihn der Unterhaltungsgrad der Busfahrt stark davon abhängte, welche Vorsorgemaßnahmen er jetzt traf. Irgendwie musste er es schaffen, dass er auch auf der Rückfahrt Theresa neben sich hatte. Sonst würde er die Fahrt zwischen all den Betrunkenen wohl kaum ertragen.

Außerdem wusste man ja nie, was sich auf so einer Busfahrt noch ergeben konnte.

Er blickte um sich und winkte eine Kellnerin herbei. "Bring' uns bitte noch zwei Flaschen von dem Weißen da." Er deutete auf das Weinglas vor ihm.

Theresa blickte ihn überrascht an.

"Wir haben noch zwanzig Minuten Zeit. Wie soll sich das ausgehen?"

Florian lächelte sie schelmisch an.

"Denkst du wirklich, ich schau den anderen im Bus beim Trinken zu? Der ist für uns beide."

Theresa lachte. "Da hast du dir ja einiges vorgenommen! Aber kann sicher nicht schaden…"

Was war nur plötzlich mit Theresa los? Sie hatte plötzlich eine Lockerheit an sich, die Florian in seiner Zeit bei der Musikkapelle noch nie erlebt hatte. Dieses illyrische Klima, das in Graz herrschte schien die alpinen Gemüter der Tiroler zu erhitzen.

Selbst die sonst so vorbildlichen älteren Musikanten saßen noch an den Tischen. Noch keiner hatte sich in Richtung Bus aufgemacht.

"Noch zehn Minuten!" Der Obmann glaubte zwar selbst gar nicht daran, dass sie auch nur annähernd pünktlich zum Bus kamen, aber ein Versuch war es immer wert. Wenn *er* sich nicht an die Abfahrtszeiten hielt, dann würde der Rest der Truppe erst recht hoffnungslos versumpfen.

Grob zählte er die anwesenden Musikanten durch. Wieder fehlten einige, die er auch bei seinen genaueren Streifzügen durchs Zelt nicht gefunden hatte. Zu den Abtrünnigen gehörte wieder einmal Johannes.

Dem Obmann war ein riesen Stein vom Herzen gefallen, als die alte Dame Johannes abgeliefert hatte. Umso mehr ärgerte es ihn nun, dass der Junge schon wieder nicht bei den anderen war. Aber vielleicht war ihm sein Verschwinden ja peinlich und er war schon beim Bus.

Auch die Schlagzeuger fehlten mal wieder und von Gerry und Biggi war ebenso keine Spur zu sehen.

Es begann also wieder die Suche nach den Nadeln im Heuhaufen.

"Hat jemand den Johannes gesehen?", rief der Obmann in die Runde. Es folgte allgemeines Gelächter. Die ständige Suche nach dem Trompeter glich langsam einer Komödie.

"Ja wo ist denn unser Johannes?", äffte der eine.

"Ich hab' meinen Johannes, du nicht?", setzte ein zweiter obendrauf.

Die Runde lachte herzlich und es folgten noch ein paar weitere "Johannes-Witze".

Auch die Anrufversuche des Obmanns nützten, wie gewohnt, nichts.

Musikanten waren telefonisch schier unmöglich zu erreichen. Also musste die Suche weiter gehen, denn dem allgemeinen Alkoholpegel zur Folge, war hier keiner mehr richtig zurechnungsfähig. Wieder einmal blieb diese undankbare Aufgabe dem Obmann über.

Noch ein weiterer suchte verzweifelt nach Johannes. Bernhard war gleich nach dem Konzert von der Bühne gestürmt und hatte den gesamten Zeltplatz und die Wiesen und Parks rund herum abgesucht. Noch immer verlor er nicht die Hoffnung, Johannes würde irgendwo im Gebüsch seelenruhig schlafen und darauf warten, gefunden zu werden.

Da die Suche auch nach einer Stunde erfolglos blieb, hatte Bernhard seinen Radius ausgeweitet und war mittlerweile in einem nichtssagenden Gewerbegebiet gelandet.

Es war heiß, er war hungrig und auch ihn plagte langsam der Schlafmangel. Dröhnende Kopfschmerzen und ein leichtes Schwindelgefühl waren schließlich der Grund dafür, dass er seine Suche abbrach.

Der Akku seines Mobiltelefons war wieder einmal leer und somit blieb ihm nur die Rückkehr zum Zelt. Darauf hatte er allerdings absolut keine Lust. Also suchte er sich einen Kebab-Stand, bestellte sich eine Bosna und ein Bier und genoss die Ruhe.

Wie lange er gelaufen war und wo genau das Zelt war, wusste er nicht. Aber er vertraute auf die Grazer Passanten und im Notfall wüssten sicher die Taxifahrer, wohin er musste.

Vor lauter Ruhe und Entspannung vergaß er beinahe die Zeit. Bei seinem letzten genüsslichen Bissen in das Bosnabrot äugelte er auf die Uhr hinter dem Kebabverkäufer und sah, dass der Bus bereits in zwanzig Minuten abfahren sollte! Er verschluckte sich, hustete keuchend und fuchtelte wild umher.

"Brauchst' Hilfe?" kam der Kebabverkäufer sofort herbei. "Zu schnell essen is' nix gesund", mahnte er ihn.

Bernhard erholte sich etwas und fragte: "Wie komm' ich denn am schnellsten wieder zum Festzelt?"

"Festzelt? Von dem Musikfest?", fragte der Standbetreiber.

"Ja genau, Musikfest! Mit Musikanten und Hendl und Bier…"

"Ich weiß schon, gehst du gerade aus zu Parkplatz, dann rechts ist Hügel und da oben ist Zelt."

Bernhard war erleichtert und stürmte gleich los.

"He, warte! Du nix gezahlt hier!", schrie ihm der Kebabverkäufer nach.

Genervt machte Bernhard kehrt, knallte ihm einen Zehner hin und war schon wieder über alle Berge.

Kaum hatte er den Stand hinter sich gelassen und war in die beschriebene Richtung gerannt, blieb er ungläubig stehen. Vor ihm war ein riesiges Einkaufszentrum, unterteilt in vier verschiedene Blocks und jedes davon hatte einen riesigen Parkplatz. Welcher Parkplatz war denn nun gemeint?

Der Hügel war nirgends zu sehen. Das hasste Bernhard am Flachland. Man konnte sich nie an den Bergen orientieren. Und das, was die Grazer "Hügel" nannten war in Tirol allenfalls ein Schotterhaufen.

Ihm blieb somit nichts anderes übrig, als zwischen den Kaufhausblocks durch zu laufen, in der Hoffnung, den Hügel zu finden.

Wo war nur seine Orientierung geblieben? Offenbar musste er bei seiner Suche völlig kopflos umhergestreift sein, sonst könnte er sich doch an die Gebäude hier erinnern…

Das einzig Sinnvolle erschien ihm, nach weiteren zehn Minuten Suche, ein Taxi zu rufen.

Glücklicherweise gab es, selbst zu jener Zeit noch, einzelne Telefonzellen. Neben dem Ziffernblatt klebten mehrere Sticker von Taxiunternehmen. Er tippte die erste Nummer ein und sofort hob jemand ab.

Bernhard beschrieb seinen Aufenthaltsort und legte gleich darauf auf. Der Taxifahrer meinte, er könne erst in zwanzig Minuten da sein. Das war eindeutig zu lange. Und weiter ging die Taxisuche, bis Bernhard endlich ein Taxi fand, das auch sehr schnell zu ihm fand.

22

Mittlerweile war es schon zehn nach vier Uhr nachmittags. Natürlich war der Bus noch nicht abgefahren und selbstverständlich waren die Musikanten noch nicht beim vereinbarten Treffpunkt. Nur einer saß da und wartete: der Busfahrer.

Eine unerträgliche Hitze drückte auf den Parkplatz und das Festzelt. Mit hochroten Köpfen kamen endlich ein paar Altmusikanten heran. Sie waren gut gelaunt, freuten sich aber auch schon auf Daheim.

So ein Ausflug war für die älteren Semester immer besonders anstrengend. Ganz so viel Durchhaltevermögen wie die Jungen hatten sie nicht mehr und außerdem hatten sie in ihrem Leben schon so viele Musikausflüge erlebt. Da ist man eines Tages gesättigt.

Wohlwissend, dass es noch mitunter bis zu einer Stunde dauern konnte, bis der Bus endlich abfuhr, setzten sich die fünf Kameraden in das Parkplatzcafé in den Schatten und bestellten sich ein Eis am Stiel.

Die nächsten, die herbei trotteten waren ein paar junge Musikantinnen. Sie waren offenbar müde und suchten verzweifelt nach Abkühlung im klimatisierten Bus. Sofort stiegen sie ein, rissen sich die dicken, wollenen Trachtenstümpfe von den Füßen und lagerten die Beine auf den gegenüberliegenden Sitzen hoch.

Die nächsten, die eintrafen waren jene, die sich besonders einfallsreich mit Bier ausgestattet hatten. In großen Plastikkanistern karrten sie ihre Vorräte herbei. Einige balancierten unbeholfen mehrere gefüllte Plastikbecher auf ihren Händen.

Der Busfahrer war darüber gar nicht erfreut. Genervt inspizierte er die Behältnisse und sagte: "I hab doch Bier einkühlt!"

"Viel zu wenig für uns", grölte einer zurück und winkte seine Kollegen in den Bus.

"Aber die Glasflasche bleibt draußen!", deutete der Busfahrer auf eine Weinflasche, die halb aus der Jackentasche eines Musikanten hervorblitzte.

"Macht euch schon mal auf viele Klopausen gefasst", warnte der Busfahrer die schon halb schlafenden Musikantinnen. Diese verzogen beim Anblick der Neuankömmlinge genervt die Gesichter, liebäugelten dennoch auch ein bisschen mit den wertvollen Vorräten gegen langweilige Stunden.

In weiser Voraussicht hatte Florian seine beiden Weinflaschen etwas geschickter zwischen seiner locker sitzenden Lederhose und seiner Lodenweste verschwinden lassen, wohl wissend, dass Glasflaschen im Bus nicht gern gesehen waren.

Bei seiner schlaksigen Figur fiel die zusätzliche Weinpolsterung gar nicht auf und so konnte er grinsend und zufrieden den Bus besteigen. Theresa gab er höflich den Vortritt, einerseits, um sie zur richtigen

Sitzreihe, natürlich in seine, zu führen und andererseits, um ihr beim Einsteigen einen neckischen Klaps zu verpassen. Etwas Körperkontakt konnte im derzeitigen, ungezwungenen und ausgelassenen Zustand nicht schaden.

Mit unüberhörbarem Gelächter und kopflosen Ausrufen näherte sich, erwartungsgemäß mit einer halbstündigen Verspätung, die Schlagzeugertruppe, inklusive Johannes. Niemand wusste so recht, woher sie kamen, aber allem Anschein nach hatten sie die letzten Stunden in der Bar oder einem anderen, reichlich mit Alkohol ausgestattetem Zeltabschnitt verbracht. Die Art, wie Johannes sich der Gruppe näherte, glich mehr einem Taumeln, als einem stattlichen Gang. Er konnte sich nur mühsam auf zwei Beinen halten und wurde deshalb freundlicherweise von zwei Kameraden gestützt. Wahrscheinlich wollte er möglichst wenige Erinnerungen an diesen Ausflug behalten, anders war seine besinnungslose Trinkwut nicht zu erklären.

Die Gruppe der Neuankömmlinge mühte sich in den Bus. Einige nutzten noch die Gelegenheit, sich an den nahe stehenden Bäumen zu erleichtern. Im Bus belegten sie in gewohnter Manier die hintersten Sitzreihen. Sorgfältig platzierten sie ihre Getränkevorräte in einer Ecke, damit ja nichts durch plötzliche Erschütterungen verloren ging.

Zu aller Verwunderung hatten sie keine Glasflaschen dabei, also konnte auch der Busfahrer nichts entgegenhalten. Wo auch immer sie ihre Plastikbecher und -flaschen mit bunten Mixgetränken aufgetrieben hatten, die Horde schien auf die Busfahrt bestens vorbereitet.

Schon jetzt strömten sie einen unangenehmen Geruch nach Alkohol, Zigaretten und allerlei Körperausdünstungen aus. Die müden Musikantinnen, die sich schon im Bus ausgebreitet hatten, rümpften beim Vorbeikommen der Jungspunde die Nasen.

Draußen vor dem Bus war die Gruppe der Ankömmlinge immer mehr gewachsen. Auf den ersten Blick schien die Kapelle vollständig. Der Obmann zählte zum gefühlt fünfzigsten Mal alle Anwesenden durch. Johannes war da, die Schlagzeuger waren da, die Altmusikanten ebenfalls, die Mädels waren da, die Trompeter, aber natürlich fehlten wieder ein paar andere… Gerry und Biggi zum Beispiel.

Diese waren schon seit längerem von keinem der Gruppe gesehen worden. Schon häuften sich die Gerüchte um den Verbleib der beiden.

"Die liegen sicher im Gebüsch", johlte einer.

"Igitt", erklang ein weiblicher Kommentar aus der Mitte des Busses.

Ein anderer vermutete: "Vielleicht haben sie was im Hotel vergessen?"

Ungläubiges Gelächter und fragwürdige Erklärungen erklangen von allen Seiten.

Es nützte nichts. Der Obmann machte sich auf, um ein weiteres Mal den Festplatz abzusuchen. Festzelt, Bar, Weinlaube, Schießstand, Parkplätze.

Der Marsch kostete ihn nicht nur jede Menge Zeit, sondern nagte heftig an seinen Energiereserven. Ans Mobiltelefon war nicht zu denken, damit hatte er schon den ganzen Ausflug über kein Glück gehabt.

Biggi und Gerry waren nicht zu finden. "Sowas Ärgerliches", dachte sich der Obmann wieder und wieder. Wie konnte eine Horde Erwachsener nur so unglaublich anstrengend sein! Nach diesem Ausflug brauchte er auf jeden Fall mindestens eine Woche Erholung. Am besten irgendwo in den Bergen. Vielleicht sollte er Schwammerl suchen oder eine Almwanderung angehen. Gut, dass er schon in Pension war.

"Was denkst du, wo die beiden stecken?", fragte Florian.

"Kannst du dir das nicht denken?", kicherte Theresa. "Nein, keine Ahnung wo die sind."

"Aber Biggi ist doch deine Freundin, hat sie dir nichts gesagt?", bohrte Florian weiter.

"Naja, so richtige Freundinnen sind wir nicht. Hald bei der Musik treffen wir uns…"

"Denkst du, bei denen läuft mehr?", so Florian.

"Keine Ahnung… kann sein…"

Theresa wollte sich gar nichts Genaueres darunter vorstellen.

"Hat die Biggi nun einen Freund oder nicht?"

Theresa überlegte kurz. "Ja stimmt, die hat doch den einen von den Schuhplattlern… eh schon eine Weile."

Florian schmunzelte. "Ach so ist das… schon heftig, wie die Leute bei einem Musikausflug plötzlich aufdrehen, nicht? Erst der Elmar, dann die Biggi… ach ja und der Bernhard wurde doch auch von so einer Blonden angegraben, gestern vor dem Festumzug..."

Theresa konnte nur grinsen. Immerhin war auch sie nicht gerade zurückhaltend gegenüber den Annäherungsversuchen des jungen, attraktiven Musikanten aus Graz gewesen. Und mehr und mehr fühlte sie sich nun zu Florian hingezogen.

"Durst?" lächelnd riss er sie aus ihren Gedanken und hielt ihr einen Plastikbecher von dem Wein hin, den er beim Fest vorsorglich gekauft hatte.

"Jetzt schon?", fragte sie ihn ungläubig.

Trotzdem nahm sie den Becher dankend entgegen.

"Ja, warum nicht? So eine Fahrt vergeht bestimmt wie im Flug", sagte Florian.

"Hoffentlich nicht ganz so schnell", antwortete Theresa und zwinkerte ihn an.

Mittlerweile hatte der Bus schon fünfundvierzig Minuten Verspätung. Der Obmann kehrte allein zum Bus zurück. Die Gesuchten hatte er nicht gefunden. Und auch beim Bus waren sie noch nicht angekommen. Immerhin war Bernhard zurück. Auch der war schon seit langem abgängig.

"Na Bernhard, wo warst du denn jetzt den ganzen Tag?", fragte ihn der Obmann.

"Ich hab' den Johannes gesucht. Seit nach dem Konzert bin ich unterwegs."

Der Obmann schüttelte den Kopf.

"Sag mal redet hier überhaupt keiner miteinander? Der Johannes ist doch seit heut Mittag wieder da!"

Ungläubig blickte ihn Bernhard an.

"Wo?"

"Ja im Bus bei den Schlagzeugern, wo denn sonst?", gab der Obmann zurück.

Wie von der Tarantel gestochen hetzte Bernhard in den Bus. Mit hochrotem Kopf kämpfte er sich durch die Reihen, bis er ganz hinten angekommen war.

"Johannes", schrie er ungläubig.

Er haderte mit sich, ob er den Jungen nun ohrfeigen, umarmen oder anschreien sollte. Gespannt

160

blickten ihn die Sitznachbarn von Johannes an. Sie freuten sich sichtlich auf die nun folgenden Szenarien.

Johannes lag über zwei Sitze ausgebreitet da. Er sah aus wie ein Häufchen Elend. Man konnte schwer sagen, ob er schlief, in Trance war oder sich einfach nur totstellte.

Behutsam stupste ihn Bernhard an.

Johannes schreckte hoch und blickte in das Gesicht seines Onkels. Erschrocken blieben ihm die Worte weg.

"Wo warst du die ganze Zeit?", fragte ihn Bernhard ruhig.

Johannes zuckte nur mit den Schultern. Er konnte nicht sprechen.

Bernhard sah ihn eine Weile an und machte dann kehrt.

"Wir reden später", war das Einzige, was er seinem Neffen noch sagen konnte.

Innerlich schäumte Bernhard vor Wut. Am liebsten hätte er den Bengel auseinandergenommen und hätte ihn grün und blau geschlagen. Gleichzeitig fiel ein riesengroßer Felsbrocken von seinem Herzen und er konnte sich endlich beruhigt fallen lassen. Doch diese langandauernden Schreckensmomente würde er dem Jungen niemals verzeihen. Und mitnehmen zu einem Ausflug würde er ihn auch niemals mehr. Ja, vielleicht würde er selbst nie wieder bei einem Musikausflug mitfahren. Das wäre seiner Frau ohnehin lieber.

Ein kurzes Schweigen nach Bernhards Auftritt blieb bestehen, doch schon bald herrschte wieder unüberhörbar gute Stimmung auf den hinteren Plätzen.

Ein unerträgliches Krachen und Quietschen ertönte plötzlich durch den Bus und riss die Musikanten aus ihren Gesprächen beziehungsweise Nickerchen. Mit schmerzerfüllten Gesichtern hielten sie sich die Ohren zu.

"Entschuldigt bitte, diese Technik…", der Obmann hatte versucht, durch das halb lädierte Busmikrophon zu sprechen.

"Jetzt geht's besser."

Also setzte er erneut an: "Wie ihr wisst, haben wir schon über eine Dreiviertelstunde Verspätung. Wir müssen nun langsam aber wirklich fahren, sonst bekommt der Busfahrer Probleme mit seinen Ruhezeiten. Er ist sonst nämlich über zehn Stunden unterwegs und das lässt sich nicht mit seinen gesetzlichen Arbeitszeiten vereinbaren… Wie auch immer."

Der allgemeine Lärmpegel breitete sich bereits wieder im Bus aus, sodass der Obmann kaum zu hören war.

Dennoch gab er nicht auf. " Bitte hört noch kurz zu, uns fehlen noch immer ein paar Musikanten. Ohne die können wir nicht fahren, also frage ich euch, hat irgendjemand Biggi und Gerry gesehen? Oder weiß jemand, wo wir sie finden könnten?"

Wieder nur johlendes Gelächter aus den hinteren Reihen und ein paar geistlose Kommentare waren die Antwort.

Der Obmann war erschöpft. Jetzt müsste ein Wunder geschehen, ansonsten wäre er dazu geneigt, sofort abzufahren und die beiden einfach in Graz zu lassen. Sie waren doch Erwachsene. Er gab sich noch eine letzte Toleranzzeit von zehn Minuten.

Während dieser zehn Minuten herrschte ein reges Treiben rund um den Bus. Musikanten stiegen aus, erledigten ein Geschäft, stiegen wieder ein. Andere stiegen aus, rauchten eine Zigarette, wollten nicht mehr einsteigen.

Nicht nur einmal musste der Obmann gewaltsam eingreifen, damit sich eine Gruppe nicht wieder zum Festzelt aufmachte, um "Nachschub" zu besorgen.

"Jetzt habt ihr doch alle wirklich genug, nicht?", musste er genervt loswerden.

Nach etwa sieben Minuten humpelte ein Musikant in Grazer Tracht herbei. Der Obmann blickte den Ankömmling mit zugekniffenen Augen an. Die Kurzsichtigkeit in Kombination mit den Sonnenstrahlen gab ihm sichtlich Mühe. Doch schon bald entspannte sich das Gesicht des Obmanns und er hob die Hand zum freundlichen Gruß.

"Grüße euch, liebe Tiroler Kollegen".

Der Obmann der Grazer Kapelle war ein Mann von Anstand.

"Ich wollte euch noch eine gute Heimreise wünschen. Zuerst dachte ich, ihr seid schon längst abgefahren, aber die Erfahrung hat sich wieder einmal bestätigt, dass Pünktlichkeit und Musikanten sich nicht vertragen."

Er lachte gepresst und etwas unnatürlich in den Augen des Bieberbacher Obmannes. Auf einen solchen Typen hatte er jetzt überhaupt keine Lust.

Der Grazer Obmann war ein klassischer, aufgeblasener und hochnäsiger Kamerad. Er schien schon jahrzehntelang im Amt zu sein, unangefochten und außerhalb jeder Kritik. Aber wer riss sich heutzutage schon um eine solch zeitraubende und undankbare Position. Nur verwechselten manche Kollegen die Bequemlichkeit ihrer Musikkameraden mit Rückhalt.

In Wahrheit waren wahrscheinlich alle froh, dass sie einen Obmann hatten, egal wie sehr sie ihn auch belächelten. Der Bieberbacher Obmann kannte einige solche Kandidaten. Und ein besonders unangenehmes Modell stand da gerade vor ihm.

"Wir wollten gerade los", sagte der Bieberbacher Obmann.

"Nur zu, ihr wartet sicher alle schon hart. Ich hoffe, es hat euch bei uns gefallen?"

"Natürlich, es war ein hervorragendes Fest, vielen Dank."

"Schön, wenn es euch gefallen hat. Dann hoffen wir auf ein Wiedersehen in den nächsten Jahren."

Der Grazer hielt seinem Tiroler Amtskollegen die Hand zum förmlichen Abschied hin.

"Man wird sehen… hoffentlich", antwortete der Tiroler.

Die Zurückhaltung war dem Grazer Obmann nicht entgangen. Die Mundwinkel seines schmierigen Grinsens wanderten leicht nach unten.

"Worauf wartet ihr denn noch? Der Bus sieht doch sehr vollständig aus…"

"Zwei sind noch nicht da", antwortete der Tiroler. "Doch sie sollten jederzeit kommen", setzte er noch schnell hinzu.

"Kann ich euch irgendwie bei der Suche behilflich sein? Ich weiß ja, wie mühsam es sein kann, wenn Kollegen vom Erdboden verschwinden…"

Dieser Herr hatte die Weisheit wirklich mit dem Löffel geschluckt, dachte sich der Bieberbacher.

"Danke, sehr nett. Aber wie gesagt, sie sollten gleich da sein."

"Gut", antwortete der Grazer, "dann wünsche ich nochmals eine gute Heimreise und wünsche noch viel Freude beim Musizieren."

"Danke, ebenfalls!"

Die Antwort des Tirolers fiel kurz aus. Endlich zog der Grazer Obmann von dannen.

Nach einem Blick auf die Uhr hupte der Busfahrer zur endgültigen Abreise. Der Obmann schritt nochmals den Bus von allen Seiten ab, um die letzten Musikanten in den Bus zu winken. Von Gerry und Biggi war noch immer keine Spur.

Der Obmann hasste diese Situationen. Er wusste, dass es ewig schlechtes Blut innerhalb der Kapelle geben würde, wenn man zwei Kameraden einfach zurückließ. Gleichzeitig konnte er den Gesichtern der älteren Musikanten ablesen, dass sie die Nase gestrichen voll von der Warterei hatten und niemals wieder an einem Ausflug teilnehmen würden, wenn der Bus nicht sofort abfuhr.

Noch einmal schnappte sich der Obmann das Mikrophon mit ernstem Ton.

"Ihr seht, wir stehen noch immer. Das haben wir unseren Kollegen Biggi und Gerry zu verdanken, die noch immer nicht aufgetaucht sind. Also würde ich vorschlagen…"

Mit einem lauten "Heeeeyyy…" wurde die Ansprache des Obmanns jäh unterbrochen.

Etwa aus der sechsten Sitzreihe tauchte plötzlich Gerrys Kopf auf, der sichtlich mitgenommen und angeheitert kaum ein gerades Wort hervorbrachte.

"Wir sind ja schon da!"

Ungläubig starrte der Obmann Gerrys glührotes Gesicht an. Ihm fehlten die Worte. Wie lange lag Gerry schon dort hinten? Und warum hatte ihm keiner etwas gesagt?

Genervt nickte er dem Busfahrer zu und gab somit das Kommando zur Abfahrt.

"Sehr schön, dass es nun auch die letzten in den Bus geschafft haben. Dann können wir ja nun endlich losfahren. Bei allen, die pünktlich hier waren und vor allem bei unserem Busfahrer möchte ich mich im Namen aller für die Verspätung entschuldigen. Ich finde es wirklich schade, dass es nie möglich ist, die Verspätung in einem anständigen Rahmen zu halten. Über eine Stunde ist wirklich zu viel."

Der Lärmpegel im Bus war schon wieder angestiegen. Keiner wollte sich eine Standpauke des Obmanns anhören. Das hatte jetzt ohnehin keinen Sinn, wusste selbiger und setzte sich an seinen Platz.

"Wie lange sind denn die beiden schon zurück?", fragte er seinen Sitznachbarn.

Dieser zuckte die Schultern und meinte: "Die müssen hinten eingestiegen sein. Ich hab' sie nicht vorbeigehen sehen. Hab' aber auch mal kurz geschlafen."

Auch ein anderer hatte die beiden nicht einsteigen sehen. Der Obmann schwor sich, dieses Rätsel noch aufzuklären. Aber nun war er einfach nur erleichtert, dass sich der Bus endlich von der Stadt Graz entfernte.

23

Im Bus wurde gesungen, gelacht und getrunken was das Zeug hielt. Selbst die älteren Musikanten wirkten ausgelassen und heiter, trotz der mühsamen Abreise.

Theresa kämpfte sich durch den überfüllten Mittelgang über improvisierte Kartentische, Bierkisten und Instrumentenkoffer. Immer wieder musste sie sich auch am Körper eines Kollegen vorbeizwängen. Endlich vorne beim Obmann angekommen konnte sie ihr Anliegen loswerden.

"Können wir bitte mal kurz stehen bleiben?" bat sie den Obmann.

"Klopause?" gab dieser zurück.

"Ja bitte! Die anderen Mädels warten auch schon ganz verzweifelt."

Der Obmann sah auf die Uhr. "Wir fahren ja noch nicht mal eine Stunde durch…"

"Ich weiß, aber wir müssen so dringend mal!"

Theresa wippte unruhig auf ihren Beinen hin und her.

"In etwa fünf Kilometern kommt die nächste Raststation", meldete sich der Busfahrer zu Wort.

"Gut, dann halten wir dort", beschloss der Obmann. "Aber wirklich nur kurz", fügte er noch hinzu.

Zufrieden und dankbar nickte Theresa ihm zu und wollte sich gerade auf den Weg zurück auf ihren Platz machen.

"Theresa!", der Obmann rief sie zurück.

"Ja bitte?"

"Weißt du, was das vorhin mit Biggi und Gerry sollte? Wann sind die beiden denn zurückgekommen?"

Theresa überlegte.

"Die waren im Zelt noch da und dann plötzlich weg. Zurückgekommen sind sie erst kurz vor der Abfahrt, soviel weiß ich. Aber genau kann ich's dir leider nicht sagen, ich hab' zu wenig darauf geachtet..."

"Aber sie sind sicher erst als letzte eingestiegen oder?" Der Obmann hakte nach.

"Ja, ich glaube schon. Aber am besten fragst du sie selber...", sie blickte zurück auf Biggis Platz. "Aber besser erst etwas später, die schlafen gerade tief und fest..."

"Das werde ich bestimmt", antwortete der Obmann.

Theresa verabschiedete sich kurz und war schon wieder im Busgetümmel eingetaucht. Sie konnte gar nicht schnell genug auf ihren Platz zurückkommen.

Enttäuscht musste sie aber erkennen, dass sich in der Zeit ihrer kurzen Abwesenheit ein anderer auf ihren Platz neben Florian gesetzt hatte und diesen nun mit seinen Anschauungen über moderne Blasmusik volltextete.

Mit einem sichtlich schlechten Gewissen und einem unbeholfenen Schulterzucken verdeutlichte Florian der enttäuschten Theresa, dass er seinen Kollegen nicht davon abbringen konnte, ihn zu vereinnahmen. Schmollend ging Theresa weiter nach hinten und fand einen Platz neben einem langweiligen Trompeter. Es waren eh nur mehr wenige Kilometer bis zur Raststation. Dann würde sie ihren Platz wieder zurückerobern.

In der Zwischenzeit redete sie etwas mit dem Trompeter und fand heraus, dass auch dieser eine spannende Nacht hinter sich gebracht hatte. Er war gestern nach der Feier im Festzelt noch mit ein paar anderen in einem Lokal in der Nähe der Unterkunft beim Kartenspielen gesessen und habe dort gesehen, wie ein älterer Musikant sich gut mit der Kellnerin verstanden hatte. Anscheinend sei dieser dann noch länger geblieben. Manche munkelten sogar, er habe dort geschlafen…

Eine schrecklich langweilige Geschichte, fand Theresa und sehnte sich wieder nach den geheimnisvollen Augen von Florian, die sie seit gestern so ganz anders anschauten.

Das Krachen der Lautsprecher machte sich wieder bemerkbar.

"Wir machen nun eine kurze Toilettenpause", ertönte die Stimme des Obmanns. "Aber bitte, ich betone nochmals, es ist nur eine *kurze* Pause. Also seid in spätestens zehn Minuten wieder da."

Sofort erhoben sich die meisten von ihren Plätzen und stürmten aus dem Bus. Auch wenn sie die Toilettenpause gar nicht als solche nutzten, sehnten sie sich nach einer Zigarette oder einfach einem kleinen Auslauf.

Auch Theresa schloss sich sofort der Wandertruppe an und befreite sich aus den Engen des Busses. Schnell hastete sie zur Raststation. Etwa zwei Drittel der weiblichen Mitreisendenden taten es ihr nach.

Um den Bus hatte sich eine große Traube von Musikanten gebildet. Die zehn Minuten Pause verstrichen wie immer viel zu schnell, also wurden sie kurzerhand verlängert.

Als Theresa zum Bus zurückkam, stellte sie genervt fest, dass Florian noch immer mit dem Musikkollegen philosophierte. Hatte er sein Interesse an ihr schon wieder verloren? Waren irgendwelche Dirigenten und Arrangements für spezielle Instrumentenkonstellationen wirklich so wichtig, dass man sich derart hineinsteigern konnte? Männer eben…

Also stellte sie sich zu Biggi. Die hatte bestimmt ein paar spannende Geschichten auf Lager. Zumindest der riesige Knutschfleck an ihrem Hals versprach interessante Anekdoten.

"Hey Biggi, dich hab' ich ja schon ewig nicht mehr gesehen", neckte sie Theresa mit einem Augenzwinkern.

Biggis Gesicht lief sofort tiefrot an. "Ich weiß".

"Jetzt musst du mir aber schon erzählen, wo ihr den ganzen Nachmittag wart!"

Theresa duldete keinen Widerspruch. Immerhin hatte sie Biggi schon viele Male aus irgendwelchen unangenehmen Situationen geholfen.

Biggi zögerte. Ihre Wangen liefen rot an. Doch Theresas herrische Miene akzeptierte keine Geheimniskrämerei.

"Also?", bohrte Theresa nach.

"Ja, wir waren nach dem Mittagessen kurz draußen…"

"Kurz?" Theresa sah sie ungläubig an. "Den ganzen Nachmittag würde ich nicht gerade als *kurz* bezeichnen! Also wo wart ihr genau?"

Biggi konnte ihr nicht in die Augen schauen und fixierte ihre Schuhspitzen.

"Na gut, wir sind nach draußen gegangen und dann sind wir etwas vom Zelt weg spaziert. Etwas abseits, bei einem kleinen Waldstück, haben wir eine

Parkbank gefunden und uns hingesetzt, eine geraucht und so weiter…"

"Ach geh', ein paar Details mehr wären schon schön...", hakte Theresa weiter nach.

"Ja was denkst du denn?", gab Biggi provokant zurück.

"Ich kann mir vieles vorstellen, was man in so einer Situation machen kann, aber alles davon trau' ich dir nun wirklich nicht zu", gab Theresa augenzwinkernd zurück.

"Nein, so wars jetzt auch wieder nicht, wie du denkst!", verteidigte sich Biggi. "Wir haben geredet, ein bisschen geflirtet und die gestrige Nacht nochmal ein bisschen aufleben lassen…"

Theresa riss ungläubig die Augen auf: "Bitte was? Das soll heißen...?"

"Ja wir haben eben ein bisschen rumgemacht, aber nicht so wie du jetzt denkst!", erläuterte Biggi. "Alles ganz harmlos…"

Theresa konnte sich die Frage nicht verkneifen: "Aber Biggi, was ist denn mit deinem Freund?"

Sofort konterte Biggi: "Das musst genau du mich fragen!" sie lachte.

"He, was soll das jetzt wieder heißen? Ich hab' mich nicht mit fremden Männern im Park herumgetrieben!", versuchte Theresa sich zu verteidigen.

"Ach was? Hast du nicht? Na warum schaut dich dann der Florian so verliebt bis über beide Ohren an? Ach ja, hat der nicht auch bei dir geschlafen heut' Nacht?"

Zugegeben, Theresas letzte Nacht und auch der heutige Tag ließen sehr viel Raum für Interpretationen aller Art. Man konnte es Biggi nicht verübeln, dass auch sie sich ihre Version zurechtgelegt hatte.

"Da war überhaupt nichts!", schloss Theresa die Diskussion ab.

"Genau wie bei uns." Biggi zwinkerte frech.

Theresa erwischte sich dabei, wie sie Florian etwas zu lange angesehen hatte. Gerade hatten sich ihre Blicke getroffen und Florians Augen hatten sich sofort zu einem verschmitzten Lächeln geformt. Theresa sah verlegen zu Biggi zurück. Diese hatte den verstohlenen Blickwechsel mitbekommen.

"Sag mal Theresa, was ist denn bei euch jetzt wirklich los? Ihr könnt ja die Augen kaum voneinander lassen!"

"Gar nichts ist da los…", gab Theresa zurück.

"Nicht einmal ein kleines bisschen? Gefällt er dir denn gar nicht?"

"Der Florian ist schon in Ordnung…. aber ich hab' ja einen Freund…", so Theresa.

"Das heißt gar nichts! Und mir kannst du das am meisten von allen glauben!"

Wo hatte Biggi nur dieses Selbstvertrauen her? Verschwendete sie nicht einen Gedanken daran, was es für ihre Beziehung bedeutete, wenn sie im Musikausflug so freizügig unterwegs war? Und was war mit den anderen? Schämte sich Elmar nicht dafür, so offen damit herum zu prahlen, wie er seine Frau betrogen hatte? Und auch diverse andere Kameraden waren nicht gerade schüchtern auf die Grazer Damenschaft zugegangen. Fürchtete sich denn niemand davor, dass jemand etwas ausplaudern konnte und ihre Partner Zuhause davon erfuhren?

"Was ist, wenn dein Freund es rausfindet?", fragte Theresa.

"Tut er doch nicht! Was im Musiausflug passiert, bleibt doch wohl im Musiausflug, oder nicht?"

Nicht zum ersten Mal hatte Theresa diesen Spruch gehört, der sich angeblich wie ein Credo in den Köpfen aller Musikanten manifestiert hatte. War sie die einzige, die nicht daran glaubte? Wäre sie jemals im Stande, die Schandtaten der anderen auszuplaudern? Nein, auch sie würde die Geheimnisse der anderen mit ins Grab nehmen.

Die Bushupe erklang laut und fordernd. "Alles einsteigen", rief der Obmann lauthals. Wider Erwarten dauerte es nicht allzu lange, bis die Menschentraube sich Kopf um Kopf in den Bus begab und sich wieder auf die einzelnen Plätze ausbreitete.

Theresa hatte ihren Sitz rechtzeitig wieder eingenommen. Noch vor Florian war sie in den Bus gestartet und hatte den Zweiersitz für sich reserviert. Erst als Florian an ihr vorbeikam, rückte sie bereitwillig auf den Fensterplatz und machte neben sich frei.

Überrascht von dieser so eindeutigen Geste ließ Florian sich neben ihr auf den Sitz fallen und füllte gleich wieder ihre Plastikbecher mit dem mittlerweile warmen Weißwein. Die Fahrt war noch lang. Da konnte man noch Einiges draus machen, dachte er sich schelmisch.

24

Bei einem Musikausflug dauert es meistens nicht lange, bis einer weint. Oder zumindest, bis einer fast weint. Gerade auf den hintersten Plätzen im Bus wurde schonungslos sekkiert. Meist schlossen sich zwei, drei besonders Wortstarke zusammen und machten einen weiteren zu ihrem Hauptthema. Der wurde dann so lange provoziert, bis es entweder eskalierte, oder ein weiterer Kamerad zum besseren Thema wurde.

Als ob der arme Junge die letzten Tage nicht schon genug mitgemacht hatte, hatte Johannes nun auch diese Schmach an sich haften. Es hatte auf der gesamten bisherigen Fahrt nur wenige Momente gegeben, in denen er einfach schlafen oder sich ausruhen konnte. Die restliche Zeit musste er sich anhören, wie sich die anderen über seine letzte Nacht amüsierten.

Ständig zogen sie ihn wegen der alten Dame auf und malten sich ihre Phantasien aus, in welch kuscheliger Atmosphäre Johannes wohl geschlafen hatte. Das abenteuerliche Verschwinden Johannes' gab unendlich viel Material für reichhaltigste Ausschmückungen her.

Sie ließen ihn kaum zu Wort kommen. In Wahrheit hatte Johannes es längst aufgegeben, die anderen zu berichtigen und die beflügelten Phantasien ins rechte Licht zu rücken. Sie wollten ihm ohnehin nicht glauben. Außerdem gab es zugegebenermaßen ein paar Lücken in seinem Gedächtnis.

So konnte er sich beispielsweise nicht erklären,

warum er vor dem Festumzug durch die Grazer Innenstadt gestreut war. Außerdem schien es ihm unerklärlich, dass er seine Kontrolle derart verloren hatte. Er war doch sonst ein trinkfester Kerl!

Ihm graute bereits vor den Auswirkungen, die der Ausflug auf seine Beziehung zu seinem Onkel Bernhard hatte. Konnte dieser ihm je verzeihen? Angeblich hatte Bernhard den ganzen Abend, die ganze Nacht und den ganzen nächsten Morgen damit verbracht, ihn zu suchen. Johannes hatte ihm sicher den ganzen Ausflug versaut.

Was, wenn Bernhard seiner Schwester, Johannes' Mutter, alles erzählte und diese ihn bis auf Weiteres verbat, sich mit der Musik auf den Weg zu machen? Klar, er war schon fast volljährig, aber die Mutter hat einen solange unterm Pantoffel, solange man seine Pantoffel bei ihr daheim abstellt.

Hoffentlich konnte Bernhard alles für sich behalten. Doch Johannes wagte es nicht, den Onkel darauf anzureden.

"Das Beste war, wie der Johannes vor dem Umzug das Marschbuch verkehrt herum aufgeschlagen hatte und immer versucht hat, den Kopf so zu verdrehen, dass er es normal lesen konnte. Das hat er nicht gecheckt, dass alles auf dem Kopf stand…"

Wieder prusteten alle vor Lachen. Alle, außer Johannes selbst. Er konnte es kaum erwarten, nach Hause zu kommen.

"Komm, trink' doch auch eins, Johannes! Lass' dir nicht die Laune verderben, nur weil du den Ausflug quasi verschlafen hast!"

Ein Klarinettist wedelte mit einer Bierflasche vor seinem Gesicht. Johannes lehnte kopfschüttelnd ab.

Nie wieder würde er so etwas anfassen, schwor er sich.

Das änderte sich allerdings, als dem Busfahrer das Wasser und die Limonaden ausging und er nur noch Bier und Sekt im Angebot hatte. Bei gefühlten vierzig Grad Innentemperatur im Bus hatte plötzlich keiner mehr die Wahl zwischen anti- oder alkoholisch. Wobei die meisten sich sowieso freiwillig für Letzteres entschieden.

Bernhard ging es nicht besser. Er saß allein neben einem großen Tubakoffer und blickte aus dem Fenster. Noch nie hatte er sich so sehr gewünscht, die Zeit vordrehen zu können, wie in diesem Moment. Nichts hätte er lieber getan, als auszusteigen und zu Fuß nach Hause zu laufen, obwohl ihm durchaus klar war, dass er sich dadurch kaum Zeit ersparte.

Er hatte es satt. Er konnte diese Musikantenlieder, die Trinksprüche, die Banalitäten nicht mehr hören. Das Gegröle der Jungen war ihm zuwider, die unkontrollierten Ausdünstungen waren ein Grausen. Was hatte ihn nur all die Jahre bei diesem Verein gehalten?

Kaum jemanden hier würde er als ernsthaften Freund bezeichnen. Es gab hier niemanden, der seinen Geburtstag kannte und auch Bernhard selbst interessierte sich nicht für die persönlichen Angelegenheiten der anderen. Das einzige, was ihn mit diesen Halbstarken verband, war dieselbe Uniform.

Jahrelang hatte er die Musikkapelle als Lebensinhalt und Insel der Seligen angesehen. Wenn seine Frau ihm zu Hause zu sehr auf die Nerven ging, nahm er sich sein Instrument und ging damit in den Keller. An den Sonntagen, an denen ihm sonst mit seiner Frau meist nur ein fades Mittagessen, ein ebenso fades gemeinsames Abwaschen und ein noch viel faderer Sonntagsspaziergang blühten, genoss er nichts mehr, als wenn ihn eine Ausrückung vor diesem eintönigen Schicksal bewahrte.

Vor allem im Sommer waren die meisten Sonntage und auch die Wochenendabende für die Musikkapelle reserviert. Platzkonzerte, Frühschoppen, kirchliche Anlässe, allesamt unverzichtbar wichtig, sowohl für die Gemeinschaft in der Kapelle, als auch für die Ausgeglichenheit seiner selbst.

Seit Jahrzehnten lebte er in diesem Rhythmus und wusste nicht, was anzufangen, sollte er nicht mehr Teil dieses Organismus sein, der ihn so sicher in sich aufgenommen hatte. Hier war er Teil eines Ganzen und konnte trotzdem seine Eigenheiten beibehalten.

Es war also beinahe die glücklichere Gemeinschaft als die Ehe mit seiner Frau. Das war auch irgendwie beunruhigend, denn was hieße es, wenn er plötzlich nicht mehr Teil dieser Gruppierung war?

Noch nie hatte er sich so ernsthaft mit dem Austritt von der Musikkapelle befasst. Rückte das Ende wirklich näher?

Hinter sich sah er die betrunkenen Jungmusikanten, vor sich die langweiligen Alten. Neben sich eine schlafende Musikantin, offensichtlich erschöpft und nicht gerade in der vorteilhaftesten Position.

Was war das eigentlich für ein Haufen? War das etwa eine Leistung, sich Teil dieser Menge zu nennen? Ein Verein, der sowieso alles und jeden aufnahm? Was hatte ihn die Musikkapelle schon Nerven gekostet. Vielleicht sollte er sich wirklich mit dem

Gedanken anfreunden, sich einer neuen Herausforderung zu stellen.

"Bernhard, bist du schlecht gelaunt heut!", kam es
plötzlich von einem Musikkollegen, der ihm im Vorbeigehen auf die Schulter klopfte. "So kenn' ich dich
gar nicht!"

Bernhard räusperte sich nur knapp.

"Komm', wir starten eine Runde Watten, mach'
mit!"

Bernhard zuckte unmotiviert die Schultern.

"Sonst bist du ja auch immer der erste am Karten-
tisch", antwortete der andere.

Bernhard überlegte kurz. Das Kartenspielen ließ
die Zeit sicher schneller vergehen.

"Na gut", gab Bernhard kurz von sich und erhob
sich, um dem Musikkollegen nach weiter vorne im
Bus zu folgen. Ehe er es sich's versah, hatte er seinen
Frust vergessen und nuckelte vergnügt an einer Flasche Bier.

25

Wie viel hatte Theresa heute eigentlich schon getrunken? Sie hatte den Überblick vollkommen verloren. Beim Frühschoppen im Zelt ein, zwei Radler, danach die weißen Spritzer mit Florian und jetzt hatten
sie schon die zweite Flasche im Bus fertig. Motiviert
griff Florian zur dritten.

"Warte doch mal ein bisschen, so viel können wir
doch nicht zu zweit trinken", warf sie ein.

"Die Fahrt dauert sicher noch mehr als eine Stunde, da schaffen wir schon noch ein bisschen", antwortete Florian keck.

"Aber so viel trinke ich normal nie! Ich weiß gar nicht, wie viel ich heute schon hatte!"

"Bist du etwa betrunken, Theresa?" fragte Florian neckisch. "So kenn' ich dich ja gar nicht!"

Theresa lächelte beschämt und merkte, wie ihr Kopf hochrot anlief.

"Kann schon sein…"

"Wo schreib ich mir denn das hin, damit ich das nie vergesse?", schmunzelte Florian.

"Du wirst doch sicher ein Tagebuch haben, wo du die schönen Erinnerungen an diesen Ausflug festhalten wirst oder nicht?", witzelte Theresa.

"Eigentlich eine gar nicht so schlechte Idee! Aber stell' dir mal vor, die falschen Leute könnten dieses Tagebuch in die Hände bekommen!"

Prompt dachte Theresa an ihren Freund. Was wäre denn wirklich los, wenn er erfuhr, wie offensichtlich Theresa und Florian während des Ausflugs geflirtet hatten, dass sie sich sogar ein Bett geteilt hatten und die ganze Busfahrt Seite an Seite getrunken hatten. Das könnte er ihr sicher nicht verzeihen.

"Du hast recht, dann ist es wohl besser, du behältst die Erinnerungen in deinem Herzen", antwortete sie theatralisch.

"Das stimmt. Und dort werd' ich sie sicher noch lange haben".

Er sah ihr tief in die Augen.

Theresa runzelte die Stirn. Meinte er das jetzt ernst?

Florian lachte und nahm einen großen Schluck. Gedankenverloren trank auch sie einen großen Schluck, obwohl sie eindeutig spürte, dass sie ihre Toleranzgrenze bereits überschritten hatte.

"Nein, ich schreib sicher nichts von dem Ausflug auf", lenkte Florian wieder ein. "Du kennst ja die allseits bekannte und unbrechbare, hochheilige Regel eines jeden Musikanten, wenn es ums gemeinsame Verreisen geht…"

"Jaja," antwortete Theresa monoton, "was im Musiausflug passiert, bleibt im Musiausflug…"

Zufrieden nickte Florian und prostete ihr mit seinem Becher zu. Brav trank sie noch einen Schluck.

"Kannst du dich eigentlich noch an alles erinnern, was gestern war?", fragte ihn Theresa neugierig.

"Ja sicher, du etwa nicht?"

"Natürlich, ich hatte ja kaum was getrunken, das ist ja so gar nicht meine Art", gab Theresa mit ironischem Unterton zurück.

"Warum fragst du? Gibt es da etwas, was ich vielleicht gesagt oder gemacht habe, was dich verwirrt hat?" bohrte Florian nach.

"Nein, gar nicht… ich frage nur so…", antwortete Theresa.

"Nur so, einfach so… ihr Frauen fragt doch nie etwas *einfach so*", stellte Florian fest.

Theresa nahm all ihren frisch angetrunkenen Mut zusammen, um ihn auf ihre wirkliche Herzensfrage aufmerksam zu machen.

"Ja ich weiß auch nicht recht, du hattest draußen im Garten schon so einen Anflug von Romantik…", fragend blickte sie ihm in die Augen.

"Ach so, das meinst du…. ja das war vielleicht ein bisschen komisch", gab Florian zu.

Er wusste auch nicht so recht, warum er sie in seinem Rausch der letzten Nacht plötzlich in den Garten hinaus bestellt hatte, wo er sie in ein Gespräch über ihren Freund verwickeln wollte. Hatte er wirklich geglaubt, er könnte sie auf diese Art überzeugen, ihren Freund zu verlassen und sich ihm in die Arme zu werfen?

"Du warst aber schon auch ganz schön betrunken, jetzt wo ich mich so an gestern erinnere," lachte Florian.

Theresa boxte ihn in den Arm.

"Wehe du erzählst irgendjemandem, was du gesehen hast!", drohte sie ihm.

"Du meinst, dass du ins Gebüsch gekotzt hast?" Florian lachte gehässig.

"Warte nur, dann erzähle ich allen, dass du..."

Theresa dachte angestrengt nach.

"Was denn?", neckte sie Florian. "Ich hab' mir nichts zu Schulden kommen lassen."

"Ach so? Bist du dir da wirklich sicher?", versuchte Theresa ihn einzuschüchtern.

"Vollkommen sicher..." Florian strotzte vor Selbstbewusstsein.

"Du stehst also zu allem, was du gestern gesagt und getan hast?", bohrte Theresa weiter.

"Ja, ich denke schon, warum?", fragte Florian.

"Ja irgendwie hast du schon versucht, mich anzumachen...", zögerte Theresa.

"Ach so, hab' ich das? Was hab' ich denn gemacht?"

Wieder lief Theresa rot an. "Weißt du es nicht mehr?"

"Nein überhaupt nicht mehr... sag' doch, was ich anscheinend getan hab." Florian genoss es offenbar, Theresa aus der Reserve zu locken.

Sie griff wieder auf ihre eben aufgetankten Mutreserven zurück und beschloss, es ihm zu zeigen. Forsch legte sie ihre Hand auf seinen Oberschenkel und blickte ihm dabei fordernd in die Augen.

Florian zuckte zusammen. Damit hatte er nun nicht gerechnet. Theresa genoss es, dass sie ihn so überrascht hatte.

"Erinnerst du dich daran wirklich nicht?", fragte sie.

Schnell fing sich Florian wieder. "Nicht wirklich, aber mach' ruhig weiter."

Er lachte sie zufrieden an.

Theresa nahm ihre Hand wieder weg. Sie hatte sich eine andere Reaktion erwartet. Doch Florians freche Art überforderte sie.

"Sicher erinnerst du dich daran!", bohrte sie weiter.

"Ich weiß nicht recht, vielleicht wenn du es noch einmal machst…"

Dieser Florian zog wirklich alle Register.

"Das hättest du wohl gern…", gab sie zurück.

"Ja, eigentlich schon", forderte er sie weiter heraus.

Theresa verschränkte protestierend die Arme vor der Brust. Sie war enttäuscht darüber, dass er sich nicht in die Karten schauen ließ. Sie würde wohl nie von ihm erfahren, was er ihr gestern wirklich sagen wollte. Aber eigentlich wusste sie es doch schon. Er hatte ihr klar gemacht, dass er ihre Beziehung zu Lukas als sinnlos erachtete. Dass sie nicht den Mut hatte, ihren Freund zu verlassen, nur weil sie schon fünf Jahre zusammen waren. Dass sie sich festhalten ließ von einem Typen, den der Rest der Welt nicht leiden konnte. Wie oft wollte sie das noch von ihm hören.

"Was ist jetzt?", fragte Florian. "Schon wieder so nachdenklich?"

Theresa zuckte die Schultern.

"Komm', ich bring' dich auf andere Gedanken", sagte er aufmunternd, nahm ihre Hand in die seine und begann, ihre Finger zu massieren.

Theresa durchfuhr eine richtige Hitzewelle. Doch genau das war es doch, worauf sie die ganze Zeit gewartet hatte. Also lehnte sie sich zurück und genoss die Nähe.

Florian fühlte sich einmalig. Er hatte es wirklich geschafft, Theresa zu erobern, und wenn es nur für eine Busfahrt war. Darauf hatte er jahrelang gewartet. Und der Wein hatte ihm geholfen, seinen ganzen Mut zusammen zu packen und ihre halbseidenen Zeichen zu deuten. Ein guter Tropfen musste das sein, dachte er sich und streichelte ihre Hand einfach weiter.

26

Langsam erreichte der Bus vertraute Gebiete. Es konnte keine Stunde mehr dauern, bis die Musikkapelle endlich in der Heimat angelangt war. Diese Tatsache wussten wieder einige gekonnt hinauszuzögern.

Die hintere Busgruppe rund um Johannes war von den gegenseitigen Provokationen mittlerweile schon wieder auf Trinkspiele übergegangen. Mangels kreativerer Einfälle lasen sie abwechselnd einen Satz aus einer Zeitschrift. Jedes Mal, wenn das Wort "und" vorkam, mussten sie alle gemeinsam einen großen

Schluck aus ihren Getränken nehmen. Es dauerte also nicht allzu lange, bis wieder alle in einen beachtlichen Rauschzustand gefallen waren.

Auch Johannes hatte seine Vorsätze über Bord geworfen und beteiligte sich am zerstörerischen Trinkspiel. Dass sein Magen nach der gestrigen Nacht noch angeschlagen war, hatte er im Handumdrehen vergessen. Viele schworen schließlich auf die Musikantenweisheit, dass ein Bier, am Tag nach einer Trinkeskapade getrunken, besondere Heilkräfte entfaltete.

Johannes nahm die Anzahl nicht allzu genau und leerte im Zuge des Trinkspiels wieder mehrere Flaschen. Das Trinken ließ seine Laune schnell wieder besser werden. Vielleicht war der Ausflug doch nicht so daneben gewesen. Es hatte doch jeder schon einmal eine peinliche Lage hinnehmen müssen. Eines stand jedenfalls fest: mit seiner abenteuerlichen Geschichte konnte so schnell keiner mithalten.

Was ihn bis dato eher erröten ließ, machte ihn plötzlich stolz. Er hatte das Gefühl, die anderen Musikanten übertrumpft zu haben. Schließlich hatte er nun eine Erinnerung, von der noch seine Enkel erzählen würden. Er hatte ja so viel mehr, als all die anderen erlebt und es grenzte beinahe an eine Heldentat, dass er aus diesem Schlamassel heil wieder herausgekommen war.

Er sah sich schon in zehn Jahren, wie er mit seinen Musikkollegen beim Stammtisch saß und die anderen ihm bewundernd auf die Schulter klopften und bestätigten: "Der Johannes war der Wildeste von allen", oder: "Nie werde ich vergessen, wie der Johannes uns beim Musiausflug gut unterhalten hat mit seiner Aktion…"

Johannes war sich ganz sicher: Auch wenn die anderen über ihn gelacht hatten, so sehnten sie sich selbst doch nur nach gerade dieser Aufmerksamkeit, die man sich, wohl gemerkt, erst hart verdienen musste. Denn die Musikkollegen konnte man nicht so einfach beeindrucken. Da musste man schon wahre Stärke beweisen.

Einen ähnlichen Sinneswandel, wie sein Neffe, hatte auch Bernhard soeben durchgemacht. Das Kartenspiel und das kleine Bier hatten ihn seinen Ärger vergessen lassen. Er hatte all die Vorwürfe, die er sich bisher gemacht hatte, hinter sich gelassen. Immerhin war Johannes kein Kind mehr und deshalb konnte man ihn für seine Taten schon selbst zur Verantwortung ziehen.

Gut, man könnte ihm vielleicht vorwerfen, dass er nicht früh genug eingeschritten war, als er sah, wie sich Johannes auf der Hinfahrt besinnungslos betrank. Doch es wusste doch jeder, dass sich die Burschen in diesem Alter nichts sagen ließen. Ausgelacht hätten sie ihn. Und den Johannes obendrein. Damit hätte er ihm doch genauso geschadet. Also war es doch ganz objektiv gesehen nicht seine Schuld, dass Johannes verschwunden war.

Außerdem musste man Bernhard gutschreiben, dass er kein Auge zugetan hatte und keine Mühen gescheut hatte, seinen Neffen wieder zu finden.

Ach, was machte er sich eigentlich so viele Gedanken? Der Johannes war ja wieder da und schien ganz gesund und munter zu sein. Höchste Zeit also, die letzten Momente dieses lang ersehnten Musikausfluges zu genießen.

Ladinisch, kritisches Watten war sein Metier. Bernhard wusste es, genau die richtigen Momente abzuwarten, bis sein Spielpartner mit dem Ordnen seiner Karten fertig und aufnahmefähig für die Geheimzeichen war, derer Bernhard sich bediente, um mit seinem Partner die möglichen Spielzüge abzustimmen.

Viele Watter machten den Fehler, dass sie schon zu früh mit dem Deuten begannen. Nur weil man den Blick des Partners auf sich hat, hatte man noch lange nicht dessen Aufmerksamkeit! Bernhard wusste genau, wie sich der Blick seines Gegenübers plötzlich schärfte, wenn dieser nicht nur schaute, sondern auch sah. Und genau diesen Bruchteil einer Sekunde musste er abwarten um schleunigst die Geheimzeichen einzusetzen.

Er liebte das Kartenspiel. Er liebte es so sehr, dass ihm gar nicht auffiel, wie nahe sie der Heimat schon waren. Der Bus rauschte bereits durch sehr vertrautes Gebiet. Maximal noch dreißig Minuten Fahrt trennten die Musikanten von ihrem Zuhause.

Bernhard blendete diese Tatsache völlig aus. Hatte er erst mit dem Kartenspiel begonnen, konnte er Stunden damit zubringen.

Auch Theresa wollte nicht wahrhaben, dass sie nur mehr wenige Minuten an Florians Seite verbringen konnte. Die Spannung, die sich zwischen ihnen aufgebaut hatte, war wie ein Rausch geworden, den man ewig hinauszögern wollte. Sie fühlte sich wunderbar beflügelt. Ob sie dieses Gefühl dem Wein oder Florian zuschreiben konnte, spielte in diesem Moment keine Rolle.

Jemand musste etwas unternehmen. Es konnte doch nicht sein, dass diese Romanze schon bald ein Ende fand, dachte sie sich.

Es gab doch sonst immer irgendeinen Musikanten, der kurz vor der Ankunft noch eine dringende Toilettenpause benötigte oder plötzlich so einen großen Hunger hatte, dass die ganze Kapelle aussteigen und ihn zu einer Autobahnraststätte oder einem Restaurant begleiten musste.

Wo waren all die egoistischen, ungeduldigen, haltlosen Musikanten, über die sie sich sonst immer maßlos ärgerte? War denn gar keinem schlecht geworden auf der Fahrt? Und warum hatte der Busfahrer denn dieses eine Mal keine Probleme mit dem Einhalten seiner Ruhezeiten? Müsste er nicht schon längst wieder einmal die gesetzlich vorgeschriebene halbe Stunde pausieren? Wieso musste genau dieses Mal die Busfahrt so reibungslos ablaufen?

Sie wünschte sich noch viele endlose Stunden Fahrt an der Seite von Florian, der ihr immer noch die Hand streichelte und verträumt aus dem Fenster an ihr vorbei sah. Sie wollte mit ihm sprechen, doch der Zauber dieses Moments ließ sie verstummen. Mit keinem Wort der Welt wollte sie es wagen, diese Zweisamkeit zu zerstören, dieses unfassbare, vollkommene Wohlgefühl.

Doch dafür sorgte alsbald jemand anderes.

"Bah, Theresa, wie weit sind wir denn schon?"

Plötzlich erschien Biggis Kopf zwischen den beiden Sitzen vor Theresa und Florian.

"Haben wir jetzt die ganze Zeit geschlafen?", fragte Biggi weiter.

In der Tat hatte Theresa seit der kurzen Toilettenpause vor mittlerweile zwei Stunden nichts mehr von Biggi und Gerry mitbekommen. Sie hatte aber auch keinen einzigen Gedanken mehr an sie verschwendet.

"Anscheinend schon", antwortete sie kurz auf Biggis Frage.

"Seid ihr etwa so müde vom Ausflug", fügte Florian spöttisch hinzu.

"Ich weiß auch nicht… bin gerade aufgewacht und wirklich erschrocken, wie weit wir schon sind…"

"Der Obmann hat noch ein Hühnchen mit dir zu rupfen", unterbrach sie Biggis Gedankengänge.

Sie wollte ihre Musikkollegin am liebsten schnell wieder los werden, damit sie die restliche Fahrt noch alleine mit Florian genießen konnte.

"Echt? Wieso das denn", bohrte Biggi weiter.

"Ich weiß es nicht, frag' ihn einfach", antwortete Theresa knapp.

"Der will sicher nur wieder fragen, ob ich mich beim Kirchtagsfest um die Deko kümmere oder ob mein Vater uns von seiner Firma aus wieder einen Anhänger für den Aufbau leiht oder…"

"Ich würd' ihn einfach fragen, und sonst lässt du's eben."

Theresas Ungeduld war nicht mehr zu überhören und das merkte endlich auch Biggi.

"Okay, ich hab' schon verstanden… dann lass' ich euch mal wieder alleine…"

Ihr Kopf verschwand. Zurück blieb ein fragender Blick von Florian.

"Wolltest du jetzt gar nicht mit deiner Freundin plaudern?"

"Ach, was heißt schon Freundin... die steht doch eh komplett neben den Schuhen. Das ist mir zu mühsam jetzt...", verteidigte sich Theresa.

"Gut, dann trinken wir eben noch einen Schluck", lenkte Florian ein und prostete ihr zu.

Er spielte kurz mit dem Gedanken, Theresas Hand wieder zu nehmen, ließ es dann aber bleiben. Irgendwie schien es ihm nicht richtig.

Theresa ärgerte sich darüber, dass Biggi diesen zauberhaften Moment schonungslos zerstört hatte. Jetzt war alles vorbei. Der Ausflug, die Fahrt, es waren nur mehr zirka zwanzig Minuten. Und dann? Wie würde es dann weiter gehen zwischen ihr und Florian?

Von hinten kam ein verzweifelter Aufschrei.

"Stop! Bitte anhalten! Johannes muss kotzen!!!"

Wie vom Blitz getroffen schreckten alle Busreisenden auf und machten sofort den Weg frei, damit der torkelnde Jungmusikant sich einen Weg zum Ausgang bahnen konnte.

So schnell, wie es dieses Kommando vermochte, konnte man einen Busfahrer niemals zum Stehen bringen. Noch vor der nächsten Ausweichstelle hatte er bereits am Pannenstreifen, mitten auf der Autobahnstrecke, Halt gemacht, die Warnblinkanlage eingestellt und die Türen geöffnet.

Johannes rettete sich ins Freie und konnte eine größere Sauerei im Bus noch einmal verhindern. Was er jedoch nicht verhindern konnte, war, dass ihm mehrere seiner Sitznachbarn nach draußen folgten, sich gemütlich eine Zigarette anzündeten und lauthals über ihn herzogen.

"War ja klar, dass der Johannes nichts hebt, der ist ja noch fertig von seiner letzten Nacht!" oder: "Immer diese Aushilfen. Kaum kommen sie einmal raus aus ihrem Nest, wissen sie nicht mehr, wie sie sich aufführen sollen!"

Johannes bekam von alldem nichts mit. Sein Magen war doch noch ganz flau vom Vortag gewesen. Ein Reparaturbier mag da schon helfen, aber gleich sechs?

Ein sich übergebender Reisegefährte gehört zu einem Musikausflug dazu wie der Mesner zum Ministrantenausflug. So kurz vor der Ankunft im trauten Zuhause erfüllte sich, direkt an der Autobahn das Vorhersehbare: Die Strapazen der Reise und der maßlose Alkoholgenuss mussten doch irgendwann zu viel für den geschundenen Körper des Aushilfsmusikanten sein.

Einige Mitreisenden, vor allem die Älteren, die es kaum erwarten konnten, in den reinlichen Stuben ihrer Frauen vor einer wärmende aufpäppelnden Tasse Tee und einer herzhaften Kaminwurz zu sitzen, stand die Ungeduld ins Gesicht geschrieben.

Einst waren sie selbst diejenigen gewesen, die sich beim Trinken überschätzt hatten. Doch heute, in diesen letzten, kräftezehrenden Minuten der Busfahrt hatten sie keine Geduld mehr für derlei Unsinn. Sie schauten grimmig aus dem Fenster und abwechselnd auf ihre Armbanduhren.

Weiter hinten im Bus konnte man sich köstlich über das unappetitliche Spektakel im Straßengraben amüsieren. Gleichsam schienen die Trinkkumpanen nahezu erleichtert, dass sie es nicht selbst waren, deren Körper sich des Alkohols plötzlich und unweigerlich entledigte. Denn zugegebenermaßen waren auch sie selbst nicht ganz schadlos von den nächtlichen Ausschweifungen davongekommen.

Die Verzögerung der Heimkehr, die Theresa sich so sehr gewünscht hatte, brachte nicht die gewünschte Wirkung. Zwar wurden ihr weitere Momente in einer surrealen Romanze gestattet, doch trübte der Anlass für die zusätzliche Pause ihre Lust auf schmachtende Zweisamkeit. Bald würde sie Zuhause ankommen. Bald würde sie ihren Lukas anrufen, er solle vom Fußballplatz heimkommen und sie begrüßen. Von selbst käme er ja gar nie auf die Idee, ihr einen angemessenen Empfang zu bereiten. Jegliche Romantik war ihm scheinbar fremd. Sie sah sich schon mit ihm auf der Couch sitzen, statt ihrer Hand streichelte er mehr die Fernbedienung und bis auf ein paar hohle Sätze, wie der Ausflug war und ob sie ihn vermisst hatte, waren wohl kaum tiefsinnige Worte zu erwarten.

Florian konnte die Gedankengänge seiner Sitznachbarin zwar nicht erahnen, merkte aber sehr wohl, dass sich etwas an ihrer Haltung verändert hatte. Ihr Blick war starr nach vorne gerichtet. Ihre Gedanken schienen um ein nicht sonderlich angenehmes Thema zu kreisen. Ihre Hände waren verschränkt, unmöglich machte sie es ihm damit, wieder ihre Hand zu halten. Aber wollte er das überhaupt?
Er sah sich schon nach Hause kommen, die Fenster aufreißen, erleichtert die frische Luft in seine Lungen saugen, die verschwitzte Musikkluft abwerfen, sich unter die heiße Dusche stellen, sich ins Bett werfen und einen leicht verdaulichen Film anzusehen. Am Montag würde er wieder in die Arbeit fahren, nach Feierabend einen Besuch bei seinem Lieblings-

Kebabstand machen und abends wieder gemütlich vor dem Fernseher oder dem Computer hängen. Waren das nicht die Momente, die man am meisten genoss? Dieses Gefühl, machen zu können, wonach einem gerade war? Sich nach niemandem richten zu müssen? Die einzige Person, die ab und zu einen Anruf von ihm erwartete war seine Mutter. Die einzige Frau in seinem Leben, derer er noch nie überdrüssig geworden war. War Theresa eine Frau, die das Potential dazu hatte, ebenso unverzichtbar für ihn zu werden?

Er sah sie aus den Augenwinkeln an und betrachtete ihren unnahbaren Blick. Wenn er sie wirklich wollte, müsste dann nicht irgendetwas in ihm lodern? Eine Lust, ein Gefühl, ein Feuer? Noch vor einer Stunde hatte es schon ein Kribbeln gegeben, als er ihre Hand gehalten hatte. Aber nun, kurz vor der Autobahnausfahrt Bieberbach regte die Sehnsucht nach seinem vertrauten Heim weit stärkere Emotionen in ihm.

Auch Bernhard sah sich bereits an der Schwelle zu seinem Haus. Natürlich hatte seine Frau die Tür verschlossen, wie sie es immer machte, aus Angst, jemand könnte unbemerkt ins Haus schleichen, oder, wie Bernhard es deutete, jemand könnte sich ihrem neugierigen Blick entziehen wollen.

Jahrelang hatte er sich nach einem Musikausflug wie diesem gesehnt. Eine Flucht vor seiner Routine, vor seiner nervtötenden Frau, vor seinem entmannten Dasein in einer matriarchalen Ehe. Er hatte es so satt, dass sie ihm seinen einzigen Fehltritt immer wieder vorplärrte und ihn zur Strafe an sich kettete wie einen bissigen Hund, der für die Außenwelt nicht mehr tragbar war. Dieser Ausflug barg für ihn die Hoffnung auf einen Befreiungsschlag.

Doch tatsächlich war es ein reiner Zeitvertreib mit Gleichgesinnten gewesen, fernab von aller Sinnhaftigkeit. Statt Selbstwert hatte er in den letzten Tagen eher Verzweiflung und Ärger gesammelt. Sein Neffe, der ihn eigentlich aus seinen beengten Ketten befreien hätte sollen, hatte ihn die letzten Tage mit seinen sinnlosen Torheiten völlig vereinnahmt.

Also, was hatte diese kurze Flucht in die Freiheit gebracht? Außer ein kurzer Plausch mit zwei netten Grazerinnen war ihm nichts vergönnt gewesen, das ihn in irgendeiner Form ereifert hatte. Nicht so, wie der Elmar, der nun schon seit Stunden damit prahlte, wie weich doch die Haut der Grazerin war, die ihm in der Nacht das Bett gewärmt hatte und wie flauschig das blonde Haar war und so weiter.

Allein beim Gedanken an die Geschichten und Erlebnisse seiner Musikkollegen, die während der Busfahrt eifrig ausgetauscht worden waren, wurde ihm bewusst, dass er heilfroh war, nichts von alldem selbst erlebt zu haben. Was sollte er denn mit so einer Grazerin im Zimmer? Was hätte ihm das nervenaufreibende Watterturnier gegen die selbsternannten Großmeister aus Kärnten gebracht außer vielleicht ein paar Scheine weniger in seiner Tasche? Was hätte es ihm genützt, sich mit den Tuba-Brüdern durch die komplette Liste der Edelbrände im Festzelt zu kosten? Überhaupt fiel ihm nichts ein, das diesen Ausflug zu etwas Unvergesslichem und Einmaligen gemacht hatte, bis auf die Tatsache, dass er unfassbar anstrengend für ihn gewesen war.

Er sehnte sich nach der verschlossenen Tür zu Hause, nach der ungeliebten Türglocke mit dem altmodischen Klingeln, nach dem Geruch von Lavendelkissen in der Garderobe, der die Motten von den vielen Jacken und Mänteln fernhalten sollte. Er sah sich die Schuhe brav an der Stelle ablegen, die seine Frau als "Schmutzbereich" definiert hatte. Brav würde er seine Hausschuhe nehmen und zuerst das Instrument verstauen, ehe er sich in die Küche wagte. Entzückt und überrascht würde sie ihn ansehen, denn zugegebenermaßen hielt er sich nur selten an ihre Regeln.

Wenn sie lachte, erinnerte er sich an die Frau, die er vor sechsundzwanzig Jahren geheiratet hatte. Sie war temperamentvoll und laut gewesen. Ganz anders, als all die langweiligen Mädchen aus dem Dorf, sagte sie ihre Meinung und behielt auch ihre Gefühle für ihn nicht lange für sich. So kam es, dass sie schon nach wenigen Treffen miteinander gingen und sich ein Jahr später verlobten. Er hatte die Ehe nie bereut, aber er bereute die Veränderung, die sie durchgemacht hatte. Sie war nur mehr am Nörgeln und behandelte ihn wie ein unartiges Kind.

In diesem kurzen Moment des Sinnierens fühlte Bernhard beinahe einen Hauch von Heimweh, ein kleines Aufflammen von Reue und guten Vorsätzen. Wie oft hatte sie ihm schon gesagt, er solle sich doch zumindest ein bisschen bemühen, ihre Wünsche umzusetzen. Sie tat ihm ja auch alles.

War das wirklich so? Sicher hatte sie das Haus an diesem Wochenende blitzeblank gemacht, wie sie es immer alleine tat. Der Rasen war sicher auch gemäht, die Wäsche duftete frisch aus dem Schrank und höchstwahrscheinlich brutzelte bereits ein Würstchen in der Pfanne, mit dem sie ihn in Empfang nehmen würde. Angesichts dessen war sein Zuhause ja gar nicht so übel.

"Liebe Musikkameraden", wieder krachte das Mikrofon lautstark durch den Bus und die Stimme des Obmannes riss die Mitreisenden aus ihren Gedanken.

"In ungefähr zehn Minuten sind wir wieder Zuhause. Bis auf die Zwischenfälle in der Unterkunft gestern Nacht, war es, denke ich, ein sehr angenehmer Ausflug. Ich hoffe, ihr habt euch gut unterhalten und das Programm war nach eurem Geschmack. Ich möchte mich an dieser Stelle noch ganz herzlich bei unserem Aushilfstrompeter bedanken, ohne den wir sicher keine halb so bleibenden Eindrücke in Graz hinterlassen hätten…"

Lauthals johlten die Jungen auf den hinteren Reihen durch den Bus und klopften Johannes spöttisch auf die Schultern. Dieser konnte sich kaum mehr zu einem Lächeln durchringen. Käsebleich krümmte er sich auf seinem Sitz und seine Gedanken kreisten nur mehr um den quälenden Drang, endlich aus diesem Bus auszusteigen.

"Spaß beiseite", fuhr der Obmann fort, "dieser Ausflug sollte eine Belohnung für die Mühen während des ganzen Jahres sein. Außerdem tut es der Kameradschaft gut, wenn man auch einmal von Zuhause wegkommt."

Hierfür erntete der Obmann laute Zustimmung von den älteren Musikanten.

"Auf jeden Fall haben wir uns in Graz gut präsentiert und ich habe auch schon wieder eine Einladung bekommen. Nächstes Jahr könnten wir zum Bundesmusikfest nach Wien reisen, wenn wir es zeitlich und finanziell einrichten können".

Lautes Jubeln dröhnte durch den Bus.

"Ob ich da noch Obmann bin, halte ich aber für unwahrscheinlich. Ich glaube, es wird Zeit, dass diese Aufgabe ein anderer übernimmt", fügte der Obmann noch schnell hinzu.

Die große Vorfreude auf den nächsten Ausflug hatte die meisten Musikantinnen und Musikanten diesen letzten Satz überhören lassen.

"Umso besser", dachte sich der Obmann. Er hatte wenig Lust zu dieser späten Stunde, nach all den Ärgernissen, sich noch die lallenden Worte seiner Kollegen anzuhören, mit denen sie ihn nur umzustimmen versuchten.

Den meisten war es sehr wohl bewusst, was es bedeutete, so einen Ausflug zu organisieren, ständig nach den Verschollenen zu suchen und mit Vehemenz dafür zu sorgen, dass sie den Zeitplan einigermaßen einhielten. In keiner anderen Situation wurde die Geduld und das Wohlwollen des Obmannes derart ausgereizt, wie bei einem Ausflug.

Er malte sich bereits aus, wie er beim nächsten Ausflug, dem ersten seit langer Zeit als Nicht-Obmann, ebenso verantwortungslos und ungehemmt das tat, wonach ihm gerade war.

Sollte sich doch ein anderer fortan ärgern. Er war sich jedenfalls ganz sicher: bei der diesjährigen Jahreshauptversammlung im Herbst würde er sein Amt endgültig niederlegen und wieder voll und ganz Musikant werden.

Mit diesem Ziel in Aussicht, steuerte er voller Zuversicht dem Ende der Fahrt entgegen und die Freude auf ein unbeschwertes Musikantenleben ließ ihn sogar ein bisschen von seinem Ärger vergessen.

"Eines noch", setzte der Obmann nochmals an, "Wie bei jedem Ausflug hat es ein paar Situationen gegeben, auf die der ein oder andere im Nachhinein vielleicht nicht besonders stolz ist. Ich bitte euch, wie immer und im Sinne der Kameradschaft, dass unangenehme Fotos gelöscht werden und nicht alles am Stammtisch diskutiert wird. Denn manches soll einfach da bleiben, wo es passiert ist - im Ausflug... Kommt alle gut heim und wir sehen uns am Freitag bei der nächsten Probe."

Der große Beifall und die lauten Zurufe schmeichelten dem Obmann. Es wurde sogar das Lied "Ein Hoch auf unser'n Obmann" angestimmt und einige klopften ihm beim Aussteigen noch auf die Schulter mit einem ehrlichen "Danke".

Sekundenschnell leerte sich der Bus nach dem Eintreffen beim Probelokal. Schnurstracks verschwanden die Musikantinnen und Musikanten in alle Himmelsrichtungen, verteilten sich auf die herumstehenden Autos und kehrten wieder in ihr ziviles Leben zurück.

Dahinter blieb nur ein Busfahrer, der erleichtert aufatmete, die Türen noch eine Weile offenließ und zufrieden beobachtete, wie sich die stickige Luft, die die Musikanten hinterlassen hatten, langsam in der frischen Nachtluft auflöste.